N분의 1을 위하여

N분의 1을 위하여

초판 1쇄 발행 2022년 10월 7일
초판 2쇄 발행 2024년 11월 6일

지은이 • 김지숙 박하령 조우리 지혜 최양선 최정화 최진영
펴낸이 • 황혜숙
편집 • 소인정 김필균
조판 • 이보옥
펴낸곳 • (주)창비교육
등록 • 2014년 6월 20일 제2014-000183호
주소 • 04004 서울특별시 마포구 월드컵로12길 7
전화 • 1833-7247
팩스 • 영업 070-4838-4938 | 편집 02-6949-0953
홈페이지 • www.changbiedu.com
전자우편 • contents@changbi.com

ISBN 979-11-6570-139-0 43810

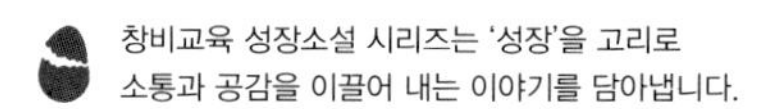

N분의 1을 위하여

김지숙
박하령
조우리
지 혜
최양선
최정화
최진영

창비

차례

01

아무도 죽지 않는 속도

최정화

2012년 제15회 창비신인소설상에 단편 소설 「팜비치」가 당선되며 작품 활동을 시작했다. 2016년 제7회 젊은작가상을 수상했다. 지은 책으로는 소설집 『모든 것을 제자리에』, 『지극히 내성적인』, 경장편 소설 『메모리 익스체인지』, 장편 소설 『흰 도시 이야기』, 『없는 사람』 등이 있다.

아스팔트 위에 스멀스멀 아지랑이가 피어오른다. 검은 아스팔트 위로 떨어진 굵직한 그림자들이 꾸물거린다. 어지럽다. 숨이 턱턱 막힌다. 한낮의 직사광선이 칼날처럼 따갑게 살갗을 파고들어 와 목 밑을 찔러댄다. 후끈하게 달아오른 공기가 온몸을 녹일 듯하다. 이상 기후를 고스란히 뒤집어쓰게 되는 건 대부분의 시간을 도로 위에서 보내는 우리 배달노동자들의 몫이다. 옆 라인의 승용차 운전자는 에어컨을 틀어 놓은 채 시원하게 아이스 아메리카노를 마시고 있다. 가볍게 어깨를 흔들며 노래를 흥얼거리는 걸 보면 댄스 음악을 듣고 있는 것 같다. 어쨌거나 그의 눈에 내가 보이지 않는 건 확실하다. 연일 30도가 넘는 폭염에도 당신은 덥지 않다. 그리고 당신이 덥지 않은 대신, 내가 당신의 몫까지 덥다. 당신의 몫까지 삶긴다. 익어 간다.

오늘 아침엔 SNS를 통해 캐나다의 BC 해변 소식을 들었다. 해안에 살고 있던 생물들이 폭염으로 죽었다고 했다. 홍합, 조개, 말미잘이 입을 딱딱 벌린 채 산 채로 삶겼다. 나도 이대로 익어 버릴 것 같다. 헬멧 안에서 달구어진 머리가 멍하다. 박스 속에는 빅머치버거 세트 2인분과 치킨 너겟 열 조각이 들어 있다. 만약에 이대로 익어 버린다면 내게 남는 일은 배달 박스에 담긴 17,600원을 배상하는 것뿐이다.

나는 배달 라이더. 오토바이에 달아 둔 브로스가 우리를 감시하고 있다. 밥을 먹을 때도, 화장실에 갈 때도, 퇴근할 때도 허락을 받아야 한다. 지각과 무단결근을 합쳐 세 번이면 아웃이다. 근무지를 이탈하면 벌점을 받는다. 사고를 당하지 않기 위해서 배달을 멈추거나 지연할 권리가 우리에겐 없다. 그런데도 우리는 노동자가 아니다. 특수 고용 근로자. 배송 사업자. 이것이 노동자에서 제외시키기 위해 우리에게 붙여 준 이름이다.

"그냥 문 앞에 내려놓고 가세요."

쌀쌀한 듯한 목소리를 뒤로한 채 엘리베이터를 타고 건물을 빠져나왔다. 피앙새 아파트 21동 509호, 햄버거 세트를 무사히 배달하고 다음 콜을 잡으려고 브로스를 내려다봤다.

작동이 잘못된 걸까? 콜이 네 개나 잡혀 있었다. 주문 음식과 수령지 주소 대신에 날짜와 시간이 떠 있다. 모두 날짜가 같다. 2021년 8월 13일, 2016년 8월 13일, 2022년 8월 13일, 2021년 8월 13일. 기계 고장인가. 맨 윗줄의 2021년 8월 13일을 클릭하자 이번에는 15만 원짜리 회다. 주소지는 불광동 245-55번지, 3층이라고 떴다. 구산역 근처 횟집에서 모듬 회를 받아 불광동을 향해 달렸다.

갑자기 비가 쏟아지기 시작했다. 기상 예보에 없던 돌발 상황이었다. 우비를 준비하지 못했기 때문에 비를 쫄딱 다 맞았다. 자주 다니던 길이라 상가 건물들의 모양과 배치가 눈에 익었다. 사무실이 밀집해 있어서 배달 음식 단골 주문자가 많은 빌라 단지다. 신호가 바뀌어 통신사 건물을 끼고 우회전하는데 골목 안쪽에서 느닷없이 택시가 튀어나왔다. 순식간에 택시와 부딪쳐 나가떨어졌다. 몸이 붕 떠서 허공으로 날아오르는가 싶더니 그대로 바닥에 내리꽂혔다. 죽었구나. 나는 꼼짝할 수가 없었다. 숨도 쉬지 못했다. 이게 죽는 거구나. 잠시 뒤 앰뷸런스가 왔다. 나를 들것에 싣고 흰 천을 덮은 뒤에 차에 태웠다. 앰뷸런스를 타고 사라진 몸뚱이. 그건 나였다!

뭐지? 대체 내가 뭘 본 거지? 날이 너무 더워서 머리가 어떻게 되어 버린 건가? 아니, 나는 그날 나의 죽음을 보았다.

잠시 뒤 다른 배달 노동자가 배달 박스에서 회 접시를 꺼내 자기 오토바이에 실었다. 파란 유니폼 조끼를 입은 일반 크라우드 노동자였다. 그는 오토바이를 타기 전에 누군가에게 메시지를 보냈다. 지금 프로모션 2만 원 붙은 금 콜 잡았어.

나는 쓰러진 오토바이를 세워서 다시 앉았다. 프론트 펜더가 긁힌 것 외에 오토바이는 멀쩡했다. 나는 휴대 전화를 주워 들었다. 유리에 금이 갔을 뿐 휴대 전화도 멀쩡했다. 브로스도 계속 작동하고 있었다. 리스트에서 2021년 8월 13일이 삭제되어 있었다. 내게 할당된 두 번째 콜, 2016년 8월 13일을 눌렀다. 주소지는 서울시 은평구 갈현 2동 갈현로 29길 51-24, 태양고등학교 3학년 5반 교실이다.

선풍기가 세 대나 돌아가고 있었지만 한여름의 더위를 잠재우기에는 턱없이 부족했다. 여기는 2016년 8월 13일. 후덥지근한 공기가 정체되어 마음속에 자리 잡은 묵직한 답답증처럼 교실 밖을 빠져나갈 생각을 하지 않았다. 몸에서는 땀 냄새가 스멀스멀 기어 나오고 사방에서 숨을 내쉴 때마다 뜨거운 김이 피부에 고스란히 전해졌다. 도로. 냉면 집. 도로. 아파트. 도로. 햄버거 가게. 도로. 횟집. 주택. 도로. 도로. 도로. 하루 열두 시간 이상을 길에서 보낸다. 열두 시간 이상을 오토바이 위에 앉아 있다는 뜻도 된다.

교실에 앉아 있으려니 김빠진 맥주처럼 힘이 쑥 빠져나갔다. 이번 달에는 단 하루도 쉬지 못했다.

5년 만에 돌아온 교실에서 처음 든 생각은 이렇게 가만히 있으니 천국 같다는 거다. 반가운 교실을 둘러보기도 전에, 그대로 잠으로 소르르 빠져들 것 같았다. 한 번도 입 밖에 낸 적 없는데, 그동안 힘들었나 보다. 그 말을 되뇌자 고개가 저절로 툭 떨어졌다.

절반은 엎드려 자고 나머지 절반은 딴짓이다. 수업을 듣는 아이는 한두 명뿐이다. 엎드려서 한 시간 정도 잠을 자다가 자세를 고치고 일어나 앉았다. 오후 3시. '사회·문화'다. 2학년 때 담임이었던 고영두 선생님은 취업 전담을 맡고 있었다. 엄격한데 세심했다. 수업 시간에는 전혀 학생들을 간섭하지 않았다. 실습 나간 취업생이나 졸업생 들은 선생님을 자주 찾아오거나 전화를 걸었다. 고영두 선생님이 칠판에 적은 글씨는 '노동자'였다. 나는 갑자기 어이없게도 눈물이 나려고 했다. 계약서에 적힌 배송 사업자라는 글자가 동시에 눈앞에 떠올랐다. 사업자라고 하면 왠지 더 나은 처지에 있는 것 같지만 전혀 그렇지 않았다. 노동자가 되지 못한 노동자. 또 누구는 우리더러 프리랜서라고 한다. 출퇴근 시간, 쉬는 시간, 밥 먹는 시간, 화장실 가는 것도 다 허락을 받아야 하는 프리랜서도 프리랜서라면.

선생님은 산업 재해에 대해서 설명했다.

"근무 중에 일어난 사고는 회사에 책임이 있어. 계약서상에는 고용자라고 표기되어 있을 거야."

그 말이 머릿속을 찌릿하게 자극했다. 5년 동안 수없이 목격한 교통사고. 회사에서는 어떠한 책임도 부담하지 않는다는 계약서 조항. 사고는 배송 사업자의 책임이라고 했다. 나는 선생님에게 항의하고 싶었다. 현실은 그렇지 않아요. 회사에선 아무것도 책임져 주지 않아요. 보험료를 내는 것도 저고요. 제가 배달 한 건 하면 3,000원 받고 프로그램사랑 배달 대행사에서 500원을 가져가는데, 거기서 보험료 조로 매일 23,000원씩 또 떼어 가요. 회사에는 아무런 책임이 없어요. 저는 노동을 하는데 노동자는 아니래요.

말들이 입 밖으로 튀어 나가려는 순간 도영이 손을 번쩍 들었다.

"선생님, 저 화장실 갔다 와도 돼요?"

"그래, 다녀와."

선생님이 손을 내저어 나가도 좋다는 신호를 보냈다. 도영은 재빨리 자리에서 일어나 뒷문을 열고 복도로 나갔다.

어이없이 눈물이 흐르기 시작했다. 아마 브로스에서 관리자에게 내가 했던 질문들이 떠올랐기 때문일 거다. 저 화장실 다녀올게요. 다녀오세요. 화장실에 가고 싶어도 허락을 받아야 하고, 배달 노동자가 화장실 사용하는 것을 꺼려 하는 사장님들도 있다. 밥은 또 어떤가. 편의점 삼각김밥과 컵라면으로 때우면서도 한 손으로는 계속 브로스에서 콜을 확인해야 한다. 입에 들어가는 게 어떤 맛인지, 내가 뭘 먹은 건지도 모르겠고, 그냥 배가 부르고 허기를 채웠으면 된 거다. 빨리 먹느라 체하지 않으면 다행이다. 콜이 밀리는 날에는 끼니를 거를 때도 종종 있다. 그런데 이젠 그마저도 끝났다. 도영은 화장실이 급한 게 아니라 엉덩이가 근지러웠던 것 같다. 그런 사소한 욕구들이 허용된다는 게 단단히 붙잡은 마음의 둑을 무너뜨린 모양이었다. 눈물이 줄줄 흘러내리기 시작했다.

"상우 왜 그러니? 무슨 일 있었어?"

선생님이 다가왔다. 나는 어깨를 들썩이며 흐느꼈다. 선생님의 손이 어깨 위에 얹어지자 괜히 더 서럽고 한편으로는 부끄럽기도 해서, 책상 위에 그대로 엎드려 버렸다.

"수업 끝나고 교무실로 와."

고영두 선생님은 다시 느긋한 걸음으로 제자리로 돌아갔다. 그가 칠판 앞에 서 있는 모습이 마음을 단단하게 했다. 어떤 일이 있어도 자기 자신의 자리에 선다는 것. 수업 시간에 자고 있는 학생들의 처지를 이해한다는 것. 어떤 학생들은 수업을 더 받을 수 없는 상황이라는 것. 그래도 묵묵히 수업을 한다는 것. 아무도 듣지 않을 때조차 선생님은 수업을 진행했다. 자신의 목소리가 자장가처럼 들려도 좋겠다는 듯이. 그래도 중요한 대목에서는 가끔 목소리를 높였다. 그는 잠을 자는 우리의 무의식에 그 말들을 채워 주고 싶은 것 같았다.

"지난 17일에 공장 실습 나간 특성화고 학생이 뇌출혈로 쓰러졌다. 주당 58시간 근무했다고 해. 법적으로 규정된 노동 시간은 주 40시간이야. 회사는 법을 어기면서 이윤을 늘리려고 할 거야. 너희들은 무작정 거기에 따라가서는 안 돼. 다시 말할게. 다 잊어버려도 이건 기억해라. 회사에서 일하다 사고를 당하면 회사에서 책임을 져야 하는 거야."

오늘 선생님이 강조한 대목은, 산업 재해. 그건 내 죽음의 이유였다. 가만히 있기 어려웠다. 나는 울면서 손을 들었다. 도영처럼 가뿐하게, 선생님 저 화장실 갔다 와도 돼요, 같은 명랑한 질문을 하고 싶었는데, 그러지 못했다. 나는 도영이 아니니까. 상우니까. 배달 노동자니까. 5년 뒤 8월 13일에는 사고를 당하니까. 죽으니까. 그래서, 묻긴 물어야겠어서, 손을 번쩍 들었다.

"그래, 상우야. 할 말 있니?"

나는 자리에서 일어났다.

"선생님, 사고가 나서 죽었는데, 회사에서는 아무 책임을 지지 않는다는 계약서에 사인을 한 경우에는 어떡해야 하나요?"

선생님은 잠시 침묵했다. 그리고 물끄러미 나를 바라보았다. 선생님은 아주 천천히 고개를 끄덕였다. 나는 선생님이 내가 죽었다는 사실을 알고 있다는 걸 느낄 수 있었다. 그러자 일순간 마음이 아주 편안해졌다. 흐르던 눈물이 멈추었다.

"계약서를 이미 쓴 경우라면 재판을 통해 사실을 바로잡아야 해. 노무 법인에서 그런 일들을 맡아 준단다. 노동자들을 위한 법인이 따로 있으니 잘 알아보고 찾아가야 하고. 내가 믿을 만한 노무사분을 소개해 줄게. 상우는 이제 더 걱정하지 말고 마음 편하게 먹어."

네, 선생님. 목소리가 나오지 않았다. 나는 선생님을 한번 쳐다봤다. 그는 그저 고개를 끄덕였고, 눈에서는 좀 전의 나처럼 눈물이 줄줄 흘렀다. 선생님은 울면서 수업을 계속 이어 갔다.

"무리한 노동이 계속 주어지면 거부해야 해. 누구에게든 이야기하고 자신을 지켜야 돼."

네, 선생님. 그렇게 할게요. 이번에도 목소리가 나오지 않았다. 나는 조용히 교실을 빠져나왔다. 복도를 지나고 현관을 나선 뒤 모래 운동장을 걸었다. 모래사장이 노랗게 펼쳐져 있었고 뜨거운 볕이 내리쬐었지만 어디에서도 내 그림자를 찾을 수 없었다. 나는 죽었으니까. 그래도 힘을 내어 학교를 간신히 빠져나왔다. 날은 몹시 덥고 습했다. 뜨겁고 길고 뾰족한 햇볕처럼 다시 질문들이 나를 찔러대기 시작했다. 나는 대체 누군가. 상운가. 노동자인가. 사업자인가. 상운가. 유령인가. 상우의 죽음인가. 억울한 죽음의 한인가. 과거의 고통인가. 미래의 꿈인가. 예감인가. 두려움인가. 불안인가. 상운가. 특수 고용 노동자인가. 아직 노동자가 되지 못한 배송 사업자인가. 배송 사업자가 되지 못한 사고 피해자인가. 내가 누구든 그렇게 허망하게 길에서 쓰러져 죽어서는 안 된다. 그게 내가 알고 있는 전부다.

2022년 8월 13일. 집. 나는 처음에 그게 무엇인지 몰랐다. 가시로 덮인 거대한 물체가 꼼짝 않고 웅크리고 있는 듯 보였다. 그것은 내 엄마였다. 엄마의 몸에 가시가 돋아 알아보지 못했다. 가시 돋친 무언가가 바닥에 누웠을 때 나는 그게 내 엄마라는 걸 알아보았다. 엄마의 얼굴만은 그대로였던 것이다. 엄마는 내 사진이 담긴 액자를 들고 있었다.

나는 엄마 옆에 누웠다. 내 사진을 앞에 두고 하염없이 바라보는 엄마의 얼굴. 엄마, 저 왔어요. 엄마는 나를 마주 보고 씨익 웃는다. 엄마가 그래도 씩씩하게 잘 버텨 내고 있어서 다행이에요.

엄마는 지난 주에 내 죽음의 이유를 밝히고자 항소했다. 1심에서는 내가 근무 독촉으로 인한 사고를 당했다는 증거가 없으므로 내 죽음에 대한 책임이 회사에 없다고 했다. 서비스 회사 측에서는 내가 그날 일을 하다 사고를 당한 게 아니라 개인적인 스케줄로 오토바이를 타고 있었다고 했다. 나는 그날 배달 중이었다. 오후에는 많은 비가 집중적으로 와서 더 이상 배달을 하는 게 위험하니 퇴근하겠다고 거절했지만 관리자는 계속하라고 했다. 직권이라는 이름으로, 업체에서 할당해 준 배달이었다. 지금 잡힌 스케줄도 겨우 할 수 있는 상황이에요. 여기서 집권 들어오면 사고 날 것 같아요. 오늘 호우 경보 발효됐어요. 이거 저 못 할 것 같아요. 그래도 하라고 했다. 마음이 조급해졌다. 음식점 주인의 호통, 손님의 욕설, 책임은 다 내가 뒤집어써야 한다. 그보다 무섭게 쏟아지기 시작하는 폭우. 비를 뚫고 목적지에 가는 것은 불가능하다. 도로 위에서, 다급해지는 마음에 심장이 뛰기 시작했다.

그런데 내가 일하던 중이 아니었다니. 나는 분명히 일을 하다 죽었는데, 노동자가 아니라 보호를 받지 못하고, 일하지 않았으니까 보호를 받지 못한다고 했다. 그럼 나는 누군가? 그동안 내가 한 것은 무엇인가? 무엇 때문에 도로에서 죽어야 했나?

슬픔과 억울함과 무기력으로 얼굴이 일그러진다. 엄마는 그런 내 얼굴을 어루만진다. 이제 괜찮아, 상우야. 나는 잠자코 엄마의 이야기를 듣는다.

"상우야, 네가 죽은 지 벌써 1년이 지났네. 세상은 아직도 너의 죽음이 네 잘못이라고 해. 억울하지. 속상하지. 슬프고 원통하지. 내가 너의 억울함을 풀어 줄 거야. 포기하지 말고 기다려, 상우야. 내가 네가 받은 부당함을 밝혀낼 거야."

엄마는 이야기를 마친 뒤에 내 사진이 든 액자를 옆에 두고 그대로 잠이 들었다. 나는 엄마 옆에 내 휴대 전화를 놓아 두었다. 휴대 전화 안에는 사고와 관련한 모든 기록이 있었다. 그 기록에는 내가 누구였는지, 무엇이었는지, 호우 경보가 있던 날 왜 출근을 해야 했는지, 왜 목숨을 걸고 속도를 높여야 했는지, 왜 밥을 먹을 수 없었고 화장실에 마음대로 갈 수 없었으며 결국 사고가 났는지, 왜 그렇게 죽어야 했는지, 그 모든 기록들이 남겨져 있었다. 나는 언젠가 엄마가 내가 아플 때 밤을 새워 그저 나를 지켜보기만 했던 것처럼 엄마가 자는 모습을 한동안 지켜봤다.

나는 이상우. 엄마 김옥경의 아들, 아빠 이병진의 아들이다. 구영두 선생님의 제자. 한다경의 남자 친구. 구영이, 재구, 병진이의 친구다. 당신이 하루에 몇 번쯤은 스쳐 지나간, 배달 조끼를 입고 배달 박스가 달린 오토바이를 탄 사람이다. 배달 음식이 든 봉지를 들고 엘리베이터를 탄 사람이다. 비닐봉지를 문 앞에 두고 엘리베이터를 기다릴 시간이 없어 계단으로 뛰어 내려가는 사람이다. 당신이 오늘 "그냥 문 앞에 두고 가세요."라고 무심코 말했던 그 사람이 나다. 배송 사업자, 특수 고용 근로자, 산재 사고 사망자 이상우. 나는 배달 기계가 아니다. 나는 사람이다.

오늘은 강한 소나기가 내리면서 서울과 경기, 수도권 일대를 비롯한 전국 대부분 지역에 호우 경보가 발효되었습니다. 낮 기온이 오르면서 대기 불안정이 심해져 오늘 밤까지 돌풍과 벼락을 동반한 소나기가 오겠습니다. 하천이 범람할 수 있으니 안전사고에 유의하시고 많은 비 피해가 예상되오니 각별히 주의하시기 바랍니다.

비가 오는 날은 배달 노동자들에게 공포스러운 횡재다. 돈도 많이 벌지만 그만큼 사고도 많은 7~8월. 한 건당 3,000원이던 배달비에 우천 할증이 붙어 5,000원까지 오른다. 두 배 가까이 오르는 셈이다. 그만큼 위험하다는 뜻이다. 사고가 날 가능성이 높다면 위험하니 조심하라거나, 시간을 더 늦추거나, 하지 말라는 주의보나 경보가 내려져야 하는데, 내게 들어오는 메시지는 평소보다 돈을 더 줄 테니 더 빨리하라는 유혹이다. 처음에는 오늘 배달 못 한다고 말했다가 관리자의 지시에 어쩔 수 없이 출근을 하게 되고, 한 건을 해서 평소와 다른 큰돈이 들어오니 어차피 해야 한다면 벌어 보자, 그런 마음으로 달리게 되는 것이다. 달리다 보면 나도 모르게 한 건 더 해서 평소에 모자란 몫을 채워야 할 것처럼, 그 위험한 상황이 기회처럼 느껴진다. 태풍보다 무서운 건, 배달 노동자가 위험하다는 생각은 한 번도 해 보지 않은 손님들이 왜 시간을 못 맞춰 왔느냐고, 음식이 불었다며 화를 내는 거다.

이미 여럿이 다치고 죽었는데 그래도 돈을 더 줄 테니 목숨 걸고 배달을 하라고 유혹하는 서비스 업체다. 스스로의 안전과 생명을 보호하지 못하고 오토바이에 시동을 거는 나 자신이다.

나가지 않는 게 맞는다고 생각했다면, 차라리 브로스를 켜지 말아야 했다. 배달 노동자가 자유롭게 일정을 선택할 수 있다고? 들어오는 콜을 거부하면 벌점이 매겨져 배달하기 곤란한 똥 콜들만 받게 된다. 출근과 결근은 프로모션이 붙은 콜들이 통제한다. 내가 받는 메시지는 더 빨리하라는 것이다. 사고가 나도 비가 와도 눈이 와도 그저 빨리하면 된다, 죽어도 다쳐도 좋으니 빨리하라는 것이다.

라면을 한 그릇 먹고 부랴부랴 집을 나서는데 빌라 앞에서 40대쯤으로 보이는 한 남자가 건물 안쪽을 기웃거렸다. 쭈뼛거리는 모습이 상인이나 종교 단체에서 나온 것 같지는 않았다.

"혹시, 이상우 씨 맞나요?"

남자는 조심스럽게 예의를 갖추며 물었다. 그런 식으로 누군가가 나를 대하는 건 오랜만이었다. 냄새가 난다면서 집 안으로 들어오지 말라고 호통을 치는 사람도 있었다. 얼굴을 마주치기 싫다며 황급히 문을 닫아 손을 다치기도 했다. 담배 심부름을 시키려는 사람도 있었다. 자기가 먹을 것을 전달하려고 전속력을 다해 음식이 식지 않게 황급히 달려간 대가는 고작 그것이었다. 1분이라도 늦으면 화를 낸다. 화를 내는 건 다행일지도 모른다. 1, 2분 늦었다는 이유로 취소해 버리면 그 음식 값을 물어내야 하는 건 배달 노동자의 몫이다.

"전데요. 제가 이상우예요."

남자의 눈빛이 반짝 빛났다. 미소를 지었다. 그가 나를 아주 오래전부터 알았던 사람처럼 쳐다봤다. 나는 그가 누구인지, 왜 나를 찾아왔는지 영문을 모르는 데다 반가워하는 기색에 어떻게 반응해야 할지 좀 어색해져서 무슨 일이 있느냐고 물었다. 남자는 손을 내밀어 내게 악수를 청했다. 검게 그을린 팔뚝에 손힘이 억셌다.

"김재유 노무사입니다."

나는 얼결에 악수를 나누면서 기억을 되살리려고 해 봤으나 그가 왜 나를 찾아왔는지 전혀 짐작 가는 데가 없었다. 배달을 하러 거리를 지나다니면서 노무사 사무실이라는 간판을 본 일이 있을 뿐, 그 사무실 앞에서 배달 음식을 전달한 적이 있을 뿐, 노무사가 정확하게 뭘 하는 직업인지 몰랐다.

"무슨 일로 찾아오셨죠?"

"고영두 선생님 아시죠?"

"네, 저희 고등학교 선생님이셨는데요."

"제가 지금 플랫폼 노동자들과 함께 모임을 만들려고 하는데, 고영두 선생님 소개를 받고 왔어요. 전화를 드리고 약속을 잡으려던 차였는데 지나가는 길에 기웃거리다가 이렇게 마주치게 되었네요."

"아, 그런가요."

그는 짧게 설명했다. 하지만 나는 여전히 그가 내게 무슨 볼일이 있는지 알 수 없었다. 선생님의 소개로 왔다니 예의를 갖출 뿐이었다.

"근데, 지금 저 출근해야 하거든요. 죄송하지만 나중에 시간을 잡고 다시 만나요."

나는 대충 허리를 숙여 인사하고 그를 지나치려 했다. 그의 눈빛이 흔들렸다.

"오늘 호우 경보예요. 사람이 그냥 걸어 다니는 것도 위험한 날인데 일하면 큰일 납니다."

그의 모범 답안 같은 말에 나는 웃을 수밖에 없었다. 순진한 사람인가 싶기도 하면서, 그래도 그렇게 말하는 사람이 있다는 게 마음 한편으로는 반가웠다.

"저도 알고 있어요. 근데 저는 그런 날에도 일해요."

"저도 당신이 그렇다는 걸 알고 있어요. 그래서 여길 온 겁니다. 지나가다가 들렀다는 건 거짓말이에요. 일부러 출근하시는 시간에 맞춰 기다리고 있었습니다."

그의 얼굴이 붉어졌다.

"대체 무슨 말씀이시죠?"

그가 내 손을 잡았다. 손바닥은 열기가 많고 축축했다. 두꺼운 손이 나를 잡고 놓지 않았다. 나는 이상한 안도감을 느꼈다. 그 순간 든 생각은 '이제 살았구나.'였다. 나 이제 죽지 않아도 되는구나. 나는 낯선 이에게 작동하는 긴장을 살짝 풀었다.

"가선 안 된다고, 상우야."

남자의 목소리가 너무 절실해서 나는 피식 웃음이 나왔다. 그의 진지한 태도가 나에게는 희극적으로 느껴졌다.

"가지 말라고."

남자는 나를 아는 것처럼 굴었다. 대체 선생님이 뭐라고 한 걸까? 졸업하고 선생님을 찾아간 일이 한 번도 없으니, 못 만난 지 벌써 5년이 지났다.

"선생님께서 무슨 말씀을 하시던가요?"

"네, 아주 중요한 말씀을 하셨는데, 자리를 좀 옮겨서 얘기하면 어떨까요? 여기서 말씀드리기가 좀 애매해서."

우천 할증이 붙은 콜이 하나 더 왔다. 수락이나 거부를 눌러야 한다. 거부를 누른다면 패널티를 받게 된다. 수락을 누르기는 꺼림직하고 거부하자니 대책이 없다. 그가 단호하게 말한다.

"제발 거절해요."

배달에 대해 뭘 알고 이런 소리를 하는 걸까?

"여기서 거절하면 저는 당분간 배달 일 못 하는 거예요. 불리한 콜들만 저한테 내려올 거거든요. 수락인지 거부인지는 우리가 정하는 게 아니에요. 제 선택지는 수락하는 것뿐이에요."

"수락하면 당신 죽어요."

그가 나를 강하게 쏘아보았다. 그러자 정신이 들면서 내가 그런 말을 웃으며 하고 있다는 게 소름 끼쳤다. 며칠 동안의 고된 일정으로 계속 멍한 상태였다. 그 상태로 계속 배달을 하다간 사고는 불 보듯 뻔한 일이었다.

"같이 뭐라도 먹으면서 이야기합시다."

나는 그를 근처 치킨 집으로 데리고 갔다. 치킨이랑 맥주를 시켰다. 마주 앉은 그는 선량해 보이면서 어딘가 무딘 듯한 인상이었다. 이마와 구레나룻은 희었고 눈가에는 잔주름이 잔잔했다. 굳게 다문 입술이 어딘가 믿음직스러워 보였다. 막상 마주 앉자, 자리를 마련한 사람이 나 자신인 듯 쉴 새

없이 말이 쏟아져 나왔다. 나는 도로 너머 대형 프랜차이즈 치킨 집을 가리키며 고개를 절레절레 흔들었다.

"아무리 맛있어도 저긴 안 가요. 배달 사고 1위거든요. 가서 먹기만 하더라도 괜히 기분이 별로예요. 지나갈 때도 잘 안 쳐다보게 되더라고요. 맛이 좀 없어도 동네 작은 치킨 집에 가요. 그냥 맘 편하게 먹으려고."

"무슨 마음인지 알 거 같아요."

"여기 가격도 되게 착해요. 한 마리에 6,000원. 싸죠? 맛도 좋아요. 근데 이렇게 치킨이 싸서 여름이 이렇게 더워지는 거래요."

"왜요?"

"이렇게 많은 닭이 어떻게 나올 수 있을 거 같아요? 잠을 못 자게 며칠 동안 빛을 쪼이면 닭이 착각을 해서 모이를 많이 먹는데, 그렇게 살을 찌운다는 거예요. 인공 수정으로 계속 달걀을 낳게 하고, 비좁은 공간에서 스트레스로 서로 쪼지 않게 하려고 병아리들은 태어나자마자 부리가 잘리고, 수평아리들은 그대로 갈려서 죽임을 당한다고요. 그렇게 우리는 치맥으로 여름을 버티지만 북극곰들은 빙하가 녹아서 바다에서 굶어 죽고, 홍합은 해변에서 삶겨 죽고, 고래랑 물고기들은 비닐봉지 먹고 죽고. 저 처음엔 매연 먹고 쓰러졌어요.

그래서 그 기분 괜히 알 것 같고. 사람들은 뭐 버릴 때 그게 다른 사람에게 간다고 생각 안 하잖아요. 근데 버릴 수 있는 건 없더라고요. 어디론가 가요. 내가 시원해지면 누군가는 더워지는 거예요. 이 일 하면서 그걸 몸으로 알게 됐어요. 근데 사람들은 내가 편해진 게 누군가가 목숨 걸고 위험을 무릅쓴 대가라는 걸 몰라요."

배달 경력 4년 차, 한 번도 무단결근을 한 적이 없었다. 사고가 난 다음 날에도 출근했는데 이렇게 어이없이 콜을 버리는 날이 오다니. 브로스를 꺼 두면 벌점인데 다시 켜지 않고 있는 이유를 나도 잘 알 수 없었다. 나는 프라이드치킨 다리 한쪽을 한입 크게 베어 물었다.

"이번 달에는 한 번도 못 쉬었어요. 원래는 하루 쉬는데, 그날 배달 많다고 나오라고 해서 안 된다고 했는데도 콜을 넣더라고요. 오전에 나와서 새벽 2시까지. 이러다 죽을지도 모른다는 생각이 들 때가 있어요. 달리다가 늦지 않으려고 신호 어길 때마다 아찔한 기분이 들어요. 늘 시간에 쫓기니까 밤에 잠도 편히 못 자고."

"이 일은 어떻게 시작하게 됐어요?"

"제가 오토바이 좋아하거든요. 제가 좋아서 시작한 일이에요. 처음엔 대우가 이렇지 않았어요. 배달 앱 서비스가 들어오기 전까진요. 오토바이도 제공되고 정규직으로 일할 수 있었어요. 일급이 시급되더니 갑자기 사업자라면서 건당 수수료를 받게 되었는데, 말이 받는 거지 이거 완전 강제예요. 아프고 다쳐도 떠미는 게, 공장에서 컨베이어 벨트 속도 따라가다 자칫하면 내 몸이 끼게 생긴 상황인데도 난 벨트 위에 이미 올라탄 거예요. 하루하루가 어떻게 가는지 모르겠어요. 오늘 며칠이죠?"

"8월 13일이에요."

그가 무심히 대답했다. 나는 그 숫자들이 어쩐지 마음에 든다고 생각했다. 오늘만은 누군가가 계속 같이 있어 준다면 좋겠다고도 생각했다. 치킨을 먹는 동안 배달 라이더들이 계속 들락거렸다. 그들은 어디선가 나타나 사장에게서 비닐에 담긴 치킨 박스를 받아 나갔다. 헬멧 안으로 슬쩍 보이는 부은 얼굴, 충혈된 눈에서 피로감이 전해졌다. 우비를 뒤집어쓰고 온종일 일하는 날에는 피부가 무른다. 비가 오면 지하 주차장의 우레탄 바닥에 오토바이가 미끄러지기 쉬운데도 배달 오토바이는 지하를 이용해야 한다. 위험하다고 부탁해도 소용없다. 그들의 눈에는 우리가 사람으로 보이지 않는 거다. 여름이 더운 이유, 치킨을 싸게 먹을 수 있는 이유, 배달 노동자가 산재 사망의 40퍼센트를 차지하는 이유는 모두 같다. 상대가 소중한 생명이라는 사실을 모르기 때문이다.

“처음엔 라이더가 멋있어 보였어요. 근데 이제 전 라이더라는 말도 안 써요. 사업자라는 말하고 똑같은 거더라고요, 그게. 그냥 노동자 취급 안 해 주겠다는 거예요. 사람 취급 안 하겠다는 말을 멋있게 꾸민 거더라고요. 사고 날 거 같다고 말해도 하나만 더 하라고 해요. 배달하다 사고 나면 음식이 괜찮은지 먼저 물어요. 도로에는 사람이 다쳐서 쓰러져 있는데 배달 음식만 갖고 가요. 나 혼자 사고 수습하고, 병원 가고, 근데 사고 냈다고 짤리고, 오토바이 수리비도 나더러 변상하라고 하더라고요. 내가 사람으로 안 보이나요? 그럼 뭘로 보이는 거죠? 그냥 아주 안 보이나? 그래도 아저씨 눈에는 내가 보이나 보네. 근데 아저씨, 정말 저 왜 찾아왔어요?”

그도 치킨 다리 하나를 집어 들었다.

“상우 씨 하는 얘기 들으러 왔어요.”

“내 얘기요?”

“전 배달 노동자들이 처한 실상을 알리는 일들을 추진하는 중이에요. 관련해서 모임을 만들고 교육도 할 거고. 서비스 업체에서 가져간 권리도 되찾고, 횡포도 고발할 거예요. 다음 주에 우리 다시 만납시다. 상우 씨 말고 다른 배달 노동자들도 올 거예요. 우리 같이 해 봐요. 화요일 저녁 6시에 다들 모이기로 했어요. 꼭 오세요."

치킨 집을 나와서 그와 헤어졌다. 그는 내게 명함을 건네면서 잘 찾아와요, 상우 씨,라고 했다. 나는 대답 대신 고개를 끄덕였지만 마음속으로는 다시 말이 터져 나왔다. 저 꼭 갈래요. 저 살고 싶어요. 살아서 밥도 먹고 화장실도 가고 휴일엔 쉬고 싶어요. 사람으로 인정받으면서 사람처럼 일하고 싶어요. 나는 기계가 아니니까. 사람이니까요. 나는 이미 마음속으로 수락 버튼을 눌렀다.

첫 만남은 2021년 8월 21일이었다. 사무실에서 12시에 만나기로 했는데, 나도 모르게 늦으면 안 된다는 생각을 먼저 했다. 그러다 고개를 흔들었다. 아니, 이젠 늦어도 되는구나. 1초를 앞당기고 1분을 늦으면 안 되는 일을 하다 보니 나도 모르게 강박이 생긴 것이다.

그날 나는 일부러 좀 늦게 나갔다. 그리고 천천히 걸어 보려고 했다. 나도 모르게 걸음이 빨라졌다. 호흡이 가빴다. 천천히라니, 아무래도 잘 되지 않았다. 브로스를 갖고 다니지 않아도 된다는 것도, 지도가 가리키는 대로가 아니라 자유롭게 다닐 수 있다는 것도 어색했다. 노무사 님에게 좀 늦을 거 같다고 전화했더니 하하, 웃으며 괜찮다고, 천천히 오란다.

천천히라고. 천천히라니. 나는 그렇게 아무도 다치지 않는 속도로, 아무도 죽지 않는 속도로 걸었다.

작가의 말

학교를 졸업하고 한동안 피자 집에서 아르바이트를 했다. 밀가루 반죽을 하고 스파게티를 삶으며 청년기의 어떤 시간을 견뎠다. 함께 일하는 동료들은 나보다 나이가 어렸다. 대학생 동료는 화덕에서 피자를 구웠다. 오토바이를 타고 배달을 하던 고졸 취업생도 있었다. 그는 비 오는 날에 브라운 아이즈의 〈비 오는 압구정〉을 들으면서 배달하면 기분이 좋다고 곧잘 농담을 던져 가게의 분위기를 띄웠다.

20여 년의 시간이 흘러, 길을 걷다 보면 오토바이를 타는 배달 라이더를 하루에도 수십 명씩 만난다. 배달 라이더들의 처지는 그때와 많이 달라졌다. 주문이 없을 때 다른 알바생들과 티브이를 보며 모양이 일그러진 피자 같은 걸 먹는 시간

따위는 이제 없다. 사람이 아닌 배달 기계로의 효율성만을 독촉하는 알고리즘의 압박을 견디며, 밥도 먹지 못하고 온종일 도로를 누벼야 살아남을 수 있다.

비가 오는 날 오토바이를 타는 것이 위험하다는 것을, 제시간에 도착하기 위해서는 신호를 위반해야 한다는 것을 소설을 쓰면서 알았다. 위험한 날에는 일을 하지 않는 날이 오기를. 늦어도 괜찮으니 아무도 죽지 않는 속도로 가도 되는 날이 어서 오기를.

02

에버 어게인

조우리

2019년 『어쨌거나 스무 살은 되고 싶지 않아』로 제12회 비룡소 블루픽션상을, 2020년 『오, 사랑』으로 제18회 사계절문학상 대상을 수상했다. 지은 책으로는 『꿈에서 만나』, 『내 이름은 쿠쿠』 등이 있다.

"김진영 님 되십니까?"

진영은 그렇다고 했다.

"예약 확인차 전화드렸습니다. 내일 10시 10분 전까지 리셉션으로 오시면 됩니다. 차 가져오시나요?"

"아뇨, 차는 없어요."

휴대 전화 너머의 여자는 내일 뵙겠다고 인사하고 전화를 끊었다. 정중하고 차분한 목소리였지만 어린 여자인 것 같다고 진영은 생각했다. 담당자가 아닌 직원이 전화를 건 것이 마음에 걸렸다. 이토록 중요한 일에 경험치가 별로 없어 보이는, 어린 직원이 확인 전화를 하다니. 이제껏 만난 센터 소속의 의사, 작가, 담당 코디네이터는 모두 유능하고 프로페

서널해 보였다. 수많은 후기를 남김없이 읽고 모든 정보력을 동원해 심사숙고한 뒤 결정한 곳이었다. 자신의 선택에 확신을 갖고 있었는데 이 전화 한 통으로 진영은 갑자기 모든 게 불안하게 느껴진다.

"언니, 표정이 왜 그래?"

현영이 마시던 커피에서 입을 떼고 진영에게 물었다. 아까부터 정신 나간 사람처럼 한 박자씩 대답이 늦던 진영이 통화 뒤 더욱 표정이 흐려졌다.

"예약한 데야?"

진영은 고개를 천천히 끄덕였다. 답답해진 현영은 진영의 코 앞에 손을 가져다 흔들었다. 진영이 화들짝 놀라며 그제야 현영의 얼굴을 똑바로 바라봤다. 무슨 일이 있느냐고 현영이 물었다.

"무슨 일은 없는데 갑자기 내일이 걱정돼. 나 잘할 수 있을까?"

"또 그 얘기야?"

백 번쯤은 들은 것 같은 문장이라고 말하려다 현영은 그만뒀다. 언니의 고민과 걱정을 모르는 게 아니다. 결정하는 데만 몇 년이 걸렸고, 결정 뒤에도 밀린 예약으로 반년이 지나 날짜가 잡혔더랬다. 예약 이후에도 진영은 잘할 수 있을까,

라는 말을 습관처럼 했다. 그날이 드디어 내일로 닥쳐온 것이다.

"정말 음식을 해 갈 거야?"

진영은 현영이 자꾸 같은 질문을 하는 게 마음에 들지 않았다. 음식 사진을 전송해 재구성하는 게 일반적이긴 하지만 진영처럼 진짜 음식을 가져오고 싶어 하는 사람들도 가끔 있다고 했다. 그 센터로 결정한 것도 고객의 요구 사항을 100퍼센트 가까이 맞춰 준다는 점 때문이었다.

"암튼 우현이 만나면 내 얘기도 꼭 해 줘. 이모가 많이 보고 싶다고. 우현이가 종이접기로 만들어 준 것들, 하나도 안 버리고 가지고 있다고."

진영이 대답을 하지 않자 현영은 화제를 돌렸다. 종이접기 이야기를 하자 진영의 입가에 희미하게 미소가 떠올랐다. 우현은 종이접기를 정말 잘했다. 보통 초등학교를 졸업하면 그치게 되는 취미인데 우현은 고등학생이 되어서도 유튜브를 보고 종이접기를 했다. 큰 덩치와 어울리지 않게 섬세하고 깔끔한 솜씨로 온갖 종류의 꽃, 바구니, 곤충과 동물을 접었다. 우현은 조용하고 내성적인 아이였다. 공부에는 별로 흥미가 없었지만 집안일을 잘 돕고 손끝이 야무졌다. 고등학교를 특성화고 금형과로 가겠다고 했을 때 진영은 며칠을 말렸지만 손으로 뭔가 만드는 일을 직업으로 하고 싶다는 말에 반대를 접었다. 도제 수업을 나가게 되면 주 2~3일은 일을 배우며 시급을 받을 수 있고 군대도 산업체를 지망할 수 있다는 말에 혹하기까지 했다. 실제로 우현은 도제 수업이 있는 학기에 한 달에 80만 원 정도씩을 진영에게 건넸다. 모아서 아들 장가보낼 때 줘야겠다고 생각했지만 늘 돈 쓸 데가 생겼고 나중에는 그냥 자연스럽게 생활비의 일부가 되었다. 그렇게 짧게 살다 가려고 그렇게 효도를 한 걸까. 우현이 싫은 소리 하는 걸 한 번도 들어 본 적이 없다. 조금 더 손해 보고 조금 더 이익 보고 하는 것에 일희일비하지 않았다. 그렇게 키운 게 잘못이다. 진영은 오래오래 후회했다. 우현이 가고 8년이 지났지만 하루에도 몇 번씩 진영은 우현에게 해 준 것들, 혹은 해 주지 못한 것들 전부를 돌아보고 반성하곤 한다. 우현의 삶 전부를 매일매일 몇 배속으로 되돌려 본다. 넘어지고 울먹이려는 우현에게 그냥 크게 울라고 말해 줄 것을, 친구에게 장난감을 양보하는 우현에게 도로 가져오라고 할 것을, 방청소는 제가 한다는 우현에게 그냥 게으르게 있으라고 할 것을, 남들 배려하기 전에 본인부터 챙기고 할 말이 있으면 참지 말고 질러 버리라고 할 것을. 그렇게 가르치지 못했다. 다 나의 잘못이라고 진영은 또 생각한다.

진영은 현영에게 내일 방문할 VR 센터의 리플릿을 내밀었다. 현영은 안경을 꺼내 쓰고 찬찬히 살펴봤다. "10년 이상 경력의 정신과 전문의 상주", "할리우드 출신 CG 마스터", "시나리오 작가와 3회 미팅", "담당 코디와의 상담을 통한 오감의 완벽한 재연". 다른 VR 센터들의 홍보 문구와 크게 다르지 않다. 다만 붉고 커다란 바탕체로 "안 되면 되게 하라"라는 문장이 전면에 눈에 띄게 써 있고, 그 밑으로 고객의 요구를 얼마나 애써서 실현시켜 왔는지 후기가 빽빽하게 제시되어 있다. 진영이 체험을 잘 마무리하면 현영도 같은 곳으로 예약을 하려고 한다. 정부 바우처 신청은 미리 해 두었다. 정부는 직계 가족의 죽음을 겪은 차상위 계층 80퍼센트 이하의 개인에게 VR 센터 1회 이용 금액의 70퍼센트를 지원한다. 정부의 지원 덕분에, 비용이 높아서 이용하지 못한 사람들이 VR 센터를 이용할 수 있게 되었다. 많은 수요가 생기며 VR 산업은 점점 더 발전했고 지금은 심리 치료 겸 트라우마 극복, 사이코드라마 대안으로 자리 잡았다. 고객은 전문의와 충분히 상담한 뒤 4D 체험으로 고인을 만난다. 고인의 모든 정보는 체험일 이전에 미리 수집된다. 외형, 말투, 목소리, 습관, 동작, 심지어 냄새까지 재연이 가능하다. 살아생전의 사진과 동영상, 온라인상의 남은 흔적들, 사용했던 섬유 유연제

나 샴푸 브랜드까지 세세한 정보를 제공할수록 구체적인 인물 표현이 가능해진다. 고객이 원하는 상황을 재연하고 그 안에서 고인의 정보를 모두 빅데이터화한 AI가 즉흥적으로 대응한다. 상황 연출을 구체화하는 건 PD와 작가의 몫이다. 체험자들은 대부분 진짜 고인을 만난 것 같다고 했다. 다만 체험에서 깨어나고 싶지 않아 가진 돈을 모두 탕진하며 현실로 돌아오지 않으려는 사람들이 생겨 일정 기간 내 가능 횟수는 제한되어 있다. 하지만 그러지 않아도 비싼 비용이기 때문에 진영은 이번 기회가 처음이자 마지막임을 알고 있다.

현영도 조카가 보고 싶었지만 언니와 단둘이 만나는 것이 맞는다고 생각했다. 현영은 엄마를 만날 생각이다. 엄마는 우현이 죽고 얼마 안 돼 급성 간경화로 세상을 떠났다. 극심한 스트레스가 원인이었다. 엄마에게 그곳에서 우현을 만났느냐고 물어보고 싶다. 언니는 자기가 살아생전 잘 챙길 테니 걱정 말라고도 전하고 싶다. 다시 뭔가 생각에 잠긴 진영을 바라보며 현영은 그렇게 다짐했다.

"내일 일 끝나고 언니 집으로 갈게."

"뭘 와. 오늘 봤으면 됐지."

"그래도 우현이 기일이잖아. 휴가 내서 센터도 같이 가면 좋은데……."

현영의 직장은 휴가를 쓰면 누군가가 그 일을 메꿔야 하는 시스템이라 눈치가 보인다. 그걸 아는 진영은 그럼에도 기일이라 찾아온다는 현영이 고맙다.

"가져가."

현영이 깍두기 담근 것을 내밀었다. 둘은 그것 때문에 만났다. 우현은 이모가 담근 깍두기를 가장 좋아했다. 이러니저러니 해도 현영 역시 내일 언니가 진짜 우현을 만나기라도 하는 것처럼 불안하고 동시에 설렜다. 4D로 만들어진 우현도 이 깍두기를 좋아해 줄까. 현영은 깍두기를 내밀며 자신도 모르게 고개를 갸웃했다.

열두 번은 깬 것 같다. 일어나 찬물을 들이켜며 진영은 무거운 어깨를 두드렸다. 30분에 한 번씩 깨서 시간을 확인했다. 밤은 길었지만 밤의 마디들은 한없이 짧았다. 마디 사이사이 우현의 꿈을 꿨다. 사진첩을 보는 것처럼 다른 모습의 우현이 아주 잠깐씩 등장했다. 마지막 꿈은 우현의 뒷모습이었다. 그게 전부였다. 눈을 깜빡하는 사이 뒷모습이 나타났고 다시 깜빡이는 사이 사라졌다.

우현이 사고를 당한 날, 늦게 일어난 우현은 배가 고프다고 했다. 그날따라 진영도 늦잠을 잤고 지각을 하면 벌점이 있기에 마음이 급했다. 밥을 차려 줄 시간이 없었다. 우현이 시리얼을 먹겠다고 냉장고를 열었지만 우유가 없었다. 일어나자마자 늘 배고파 하는 아이였는데, 그날은 아무것도 챙겨 먹이지 못하고 우현을 보냈다. "다녀오겠습니다." 하고 인사하는 우현의 뒷모습이, 그날 이후 꿈에 자주 등장했다. 그 어떤 악몽보다 아픈 꿈이었다. 그날 챙겨 먹이지 못한 한 끼가 진영의 마음속에 커다란 상처로 남았다. 밥도 못 먹고 출근한, 열아홉 살 내 새끼. 어미가 되어 늦잠이나 자서 애를 못 챙기고, 우유도 사다 놓지 않아 시리얼도 못 먹고 고된 출근길에 올랐다. 그게 마지막이었다. 그 뒷모습이.

진영은 불린 녹두를 믹서기에 갈며 이를 악물었다. 오늘은 울지 않아야 한다. 오늘 우현을 만나면 웃으며 풍성한 한 끼를 해 먹일 거다. 좋아하는 음식을 잔뜩 해 가서 배불러서 도저히 못 먹겠다고 할 때까지 아이를 먹이고 엉덩이를 두드려 보낼 것이다.

"언제로 돌아가고 싶으세요?"

작가가 진영에게 물었을 때, 두 번 생각할 것도 없이 '사고 날 아침'이라고 대답했다. 사고의 순간은 어떻게 해도 바뀌지 않는다. 우현은 출근했고 회사에서 죽었다. VR의 시나리오를 통해 출근 보내지 않고 회사에 도착하지 않게 하더라도 일어난 사실은 바뀌지 않는다. 그렇다면 밥이라도 먹여 보내고 싶다. 그것만이 아주 조금이지만 진영에게 위안이 될 것이다.

진영은 어렵게 VR 센터의 예약일을 우현의 기일로 잡았다. 고인과 함께 식사를 하는 장면을 넣고 싶으면 음식이나 밥상 등을 원하는 대로 디자인할 수 있다. 혹은 직접 차린 음식을 찍어 미리 보내 두면 재연 화면의 자료로 쓰인다. 하지만 진영은 진짜 음식을 가져가길 원했다. 그렇게 하면 우현의 이미지가 음식을 잡는 장면을 연출하지 못해 부자연스럽다고 했지만 상관없다. 진짜 김이 나는, 따뜻한 음식이어야 했다.

음식 준비에 두어 시간이 흘렀다. 진영은 녹두전을 비롯해 전 3종, 소고기 산적, 닭강정, 나물 몇 개, 떡, 오징어뭇국을 보온 가방에 넣었다. 현영이 준 깍두기와 우유, 시리얼은 보냉 가방에 넣었다. 두 가방은 매우 무거웠지만 진영의 마음은 약간 가벼워졌다.

인턴 윤세라.

데스크에서 승무원처럼 유니폼을 차려입은 직원이 진영을 맞이했다. 목소리를 들으니 진영에게 어제 전화한 직원인

듯싶다. 인턴 명찰을 보니 서툴렀던 억양이 이해가 갔다. 세라는 우현과 나이가 비슷해 보였다. 진영의 마음이 단번에 너그러워졌다. 세라의 안내를 받아 체험실로 향했다. 무대처럼 조명이 있는 휑한 공간이 있고 한쪽 구석에 컴퓨터를 비롯한 여러 장치가 가득한 투명한 부스가 있었다. 눈에 익은 작가, PD와 간단히 인사를 하고 담당 코디네이터와 함께 무대 한쪽에 가져온 음식을 차렸다. 차려진 음식을 PD가 잽싸게 코딩해 영상화하는 동안 진영은 한쪽에 마련된 의자에 앉아 숨을 골랐다. 아까부터 심장이 불규칙적으로 뛰고 있었다. 미친 듯이 빠르게 뛰었다가 한없이 느려졌다가 다시 정박으로. 진영은 온몸이 하나의 심장이 된 것만 같았다. 손끝도 발끝도 눈가도 관자놀이도 심장과 함께 뛰었다. 괜히 신청했다고, 진영은 후회했다. 우현을 다시 만난다고 생각하니 아찔하고 두려웠다. 간신히 견디어 온 무언가가 툭 끊어져 버리면 어쩌나. 그 얼굴, 목소리, 표정. 그토록 그립던 것들을 다시 만난다고만 생각했지 또다시 헤어지는 일이라는 걸 생각하지 못했다.

"긴장되시죠?"

녹차가 담긴 종이컵을 내밀며 작가가 말을 걸었다. 차마 목소리가 나오지 않아 진영은 그저 고개를 끄덕였다.

"아드님 기사…… 신문에서 읽은 기억이 있어요. 저 그때 근처 고등학교를 다니고 있었거든요. 학교에서 애들 사이에 이야기가 많았죠."

우현의 사건은 당시 TV 뉴스, 신문, 인터넷 등 모든 매체를 통해 전국에 알려졌다. 현장 실습을 나온 고3 학생의 죽음이었기 때문이다. 학교와 회사의 책임 떠넘기기, 매뉴얼과 관리자의 부재, 부실 수사, 사건의 축소와 은폐 문제 등으로 총체적 문제 덩어리였다. 다큐멘터리로 제작되면서 공론화되었고 그 뒤로 비슷한 문제가 발생할 때마다 회자되었다. 하지만 지금까지도 빈번하게 같은 일이 일어난다. 가장 약하고 가장 아래에 위치한 힘없는 아이들이 거대한 시스템에 갈려 버리는 일. 대다수의 사람들은 그 일에 관심을 갖지 않는다. 공론화되었더라도 극히 일부의 사람들에게만 반향이 있을 뿐이었다. 우현의 사건은 결국 개인의 부주의로 결론 내려졌다. 관리자가 처벌받기는 했지만 미약했고, 산재도 받을 수 없었다. 작가의 한마디에 진영은 지난 몇 년 동안 간신히 삼켜 낸 뜨거운 용암 덩어리의 존재를 배 속에서 느낄 수 있었다. 하지만 그로부터 8년이 지났다. 진영의 화산은 활동을 멈춘 지 오래다.

"저…… 더 신경 써서 만들었어요. 그냥 그 말씀을 드리고 싶어서요."

진영은 고맙다고 말했다. 날뛰던 심장 박동이 조금 잦아들었다. 우현의 죽음이 단순한 개인적 죽음이 아니고, 사회적 죽음이었다는 것이 다시 한번 환기되었다.

"잘 보내 드리고 오세요."

작가는 이렇게 말하고 꾸벅 인사를 한 뒤 부스로 들어갔다. 준비가 다 되었다는 사인이 들어왔다. 잘 보내 주는 일이 뭘까. 진영은 작가의 마지막 말이 마음에 남았다.

진영은 무대 한가운데에서 누군가의 도움을 받아 VR 헤드셋을 머리에 썼다. 무겁지만 견딜 만했다. 눈을 뜨자 우현과 함께 살던 아파트가 펼쳐졌다. '세상에.' 진영은 마음속으로 감탄했다. 낡은 벽지, 닳은 식탁보, 공기 중의 먼지까지 완벽하게 재연되어 있었다. 햇볕 냄새, 섬유 유연제 냄새, 코끝을 스치는 가을바람, 오른쪽 어깨에 와 닿는 햇살까지. 8년 전 그날 아침에 진영은 서 있었다.

"엄마? 왜 그러고 있어?"

진영은 고개를 돌릴 수 없었다. 둑이 터진 것처럼 눈물이 쏟아져 나왔다. 헤드셋은 눈물로 가득 차 축축해졌지만 진영은 절대 벗고 싶지 않았다. 천천히 몸을 돌리자 우현이 서 있었다. 뻗친 머리를 하고 잠옷으로 자주 입던 목 늘어난 티셔츠를 입은 채 크게 하품을 하고 있다.

"우현아……."

진영은 우현의 이름을 불렀다. 목소리가 떨려 이내 어금니를 꽉 깨물었다.

"엄마, 배고파."

우현은 해맑게 배고프다고 말했다. 천진한 아들의 눈동자가 햇볕에 반사되어 반짝였다. 진영은 넋을 잃고 우현을 바라봤다.

"나 씻고 올게."

우현은 화장실로 들어갔다. 진영은 화장실 문에 가까이 다가가 귀를 대 보았다. 문틈으로 따뜻한 수증기가 샴푸 향과 섞여 흘러나왔다. 물소리와 우현의 노랫소리가 들렸다. 그랬었지. 우현은 샤워를 하며 늘 노래를 불렀다. 화장실에선 에코가 좋아 노래를 아주 잘 부르는 것처럼 들린다고 했다. 높은음을 샤우팅 하다시피 불러서 진영은 부엌에 있다 실소를 터뜨리곤 했다. 우현의 노랫소리에 귀를 기울이며 진영은 자신의 죽음 이후 천국이 허락된다면 지금 이 순간이 영원히 지속되기를 바랐다. 우현은 목청껏 노래했다.

물소리가 멈췄다. 진영은 문에서 한 발 물러섰다. 잠시 뒤

문이 열리고 뿌연 수증기 속에 커다란 타월을 허리에 두른 우현이 모습을 드러냈다. 머리카락에서 물이 뚝뚝, 실감 나게 떨어지고 있었다.

"아, 깜짝이야!"

우현은 진영을 보고 소리 질렀다. 진영은 멋쩍게 뒤로 한 발짝 더 물러섰다.

"엄마, 나 배고프다니까. 밥은 있어?"

"어, 엄마가 아침에 다 해 놨어."

진영은 얼결에 대답을 했다. 우현이 "아싸, 신난다."하고는 방으로 쏙 들어갔다. 드라이기 소리가 나고 얼마 뒤 청바지에 후드 티를 입은 우현이 다시 거실로 나왔다. 유품으로 전달 받은 바로 그 청바지와 후드 티였다. 멀미가 나는 것처럼 속이 울렁거리기 시작했다.

거실로 나온 우현은 바로 식탁으로 다가갔다. 어느새 진영이 준비해 온 음식이 가득 차려져 있었다. 냄새도 촉감도, 음식만은 리얼이었다. 따뜻하게 만져지는 그릇의 온도에 진영은 안도했다.

"오늘 무슨 날이야? 상다리 부러지겠는데?"

우현은 식탁에 앉아 음식을 먹기 시작했다. PD가 미리 말했다시피 식사하는 모습은 디테일이 떨어졌지만 그래도 먹는 모습으로 충분했다.

"많이 먹어."

진영은 문득 말했다. 우현이 국을 뜨다 말고 진영을 바라보며 씨익 웃었다. 우현은 식탁에 차려진 모든 음식에 젓가락을 댔다.

"엄마, 배가 터질 것 같아."

"시리얼도 있는데."

"그건 또 들어가는 배가 다르지."

우현은 초코 시리얼이 담긴 그릇에 우유를 가득 부었다. 시리얼이 씹히는 와작와작하는 소리가 공간을 가득 채웠다. 우현을 배부르게 먹이는 게 가장 중요하다고, 진영은 작가에게 몇 번이나 강조했다. 진영의 바람대로 우현은 충실하게, 배부르게 먹었다. 이 식사가 끝나면 우현을 보내야 한다. 다시는 볼 수 없는 곳으로. 진영은 손을 뻗어 우현을 만지고 싶었다. 붕붕 뜬 머리카락을, 매끈한 살결을, 목덜미의 솜털을. 하지만 그 행위가 몰입을 깨는 것이라고 여러 번 주의받은 게 떠올랐다. 아무것도 만져지지 않을 거라고. 존재가 부재한다는 것만을 확인받을 뿐이라고. 주먹을 꽉 쥐고 진영은 우현의 모습을 열심히 눈에 담았다. 뺨의 점이라든지 가르마의 위치라든지 귀의 모양이라든지, 알지 못한 사이 이제는 희미해져 버린 것들을 기억하려 애썼다.

"잘 먹었습니다!"

식사가 끝나자 우현은 식탁에서 일어섰다. 가방을 메고 휴대 전화를 찾아 주머니에 집어넣고 싱크대에서 빠르게 가글을 했다. 우현이 출근 전 늘 하던 순서 그대로였다. 우현이 신발을 신기 위해 현관에서 등을 보이자 진영은 가슴이 덜컹했다. 이제 나갈 일만 남은 거다. 이대로 보내야 하다니 믿기지 않는다. 다시 만나기 위해 8년을 기다렸다. 갑자기 우현의 바짓가랑이라도 잡고 늘어지고 싶은 기분이 들어 진영은 자신을 다스리기 위해 애써야 했다. 진영은 심호흡을 했다. 천천히, 크게, 들이쉬고 내쉬고 들이쉬고 내쉬고. 신경 정신과 선생님과 과호흡에 대비해 연습해 뒀던 호흡법이었다. 호흡을 해도 어깨의 떨림이 시작되었다. 진영은 곧 자신이 흐느껴 울 것을 알았다. 울지 말고 아이를 보내 줘야 한다. 지금의 우현은 4D 캐릭터이기도 하지만 진영에게 우현의 영혼 그 자체이기도 하다. 그래서 그토록 한 끼를 배불리 먹이고 웃으며 배웅하기를 바라는 것이다. 그것을 믿지 못한다면 이런 것들 모두 하나도 의미가 없는 것이다.

"다녀오겠습니다."

신발 끈을 다 묶은 우현이 마침내 고개를 돌리고 인사했다.

진영은 눈물과 땀으로 범벅이 된 헤드셋 안에서도 온 힘을 다해 웃으며 고개를 끄덕였다.

"우현아!"

진영은 현관문을 여는 우현을 불러 세웠다. 우현이 행동을 멈추고 진영의 눈동자를 빤히 쳐다봤다. '그곳은 어때?' '엄마 안 원망하니?' '미안하다, 우현아.' 수많은 말이 입안에서 맴돌았지만 차마 꺼내지 못했다.

"잘…… 다녀와."

가까스로 진영은 말했다. 우현은 환하게 웃으며 손을 흔들고는 문을 열고 나갔다. 쿵, 소리를 내며 문이 닫혔다. 진영은 주저앉을 것 같았지만 꿋꿋이 힘을 주고 우현이 빠져나간 문을 한참 동안 바라봤다.

PD는 천천히 종료 버튼을 눌렀다. 오늘의 첫 번째 일은 무난하게 끝났다. 뭐든 처음이 중요하다. 장사를 하는 사람처럼 PD도 첫 번째 고객으로 하루의 일진을 가늠하곤 했다. 이 판에도 진상 고객이 많다. 죽은 사람과의 재회라니 얼마나 감정적이 되겠는가. 처음에는 함께 공감하고 슬퍼하기도 했지만 해가 지날수록 그들은 PD에게 진상 고객이 될 수밖에 없었다. 시간은 정해져 있고 다음 고객은 기다리고 있고 하루의 스케줄이란 게 있다. VR 체험을 끝내고 싶지 않다고 울고 애원하고 화내 봤자 재생된 가상 현실은 이미 끝났고 다음 서사도 없다.

그런데 기계가 먹통이 되었는지 꺼지지 않는다.

다음 장면, 진영은 우현의 뒷모습을 좇고 있다. 화질이 좋지 않다. 우현은 이어폰을 꽂은 채 백팩을 습관처럼 추스르며 앞으로 걸어 나간다. 역 근처에서 한 무리의 직장인들과 합류해 배수구를 빠져나가는 물처럼 순식간에 지하로 사라진다. 진영은 이런 장면이 있을 거라는 말은 듣지 못했다. 쿠키 영상이라도 되는 걸까. 의아한 마음에 진영은 엉뚱한 생각을 한다.

이런 장면이 있을 턱이 없다. 부스 안에서는 난리가 났다. 종료 버튼을 아무리 눌러도 꺼지지 않고 전원을 차단했음에도 화면이 지속된다. PD와 작가는 그 와중에도 차마 진영에게 다가가 헤드셋을 잡아챌 수 없었다. 화면에 보이는 건 분명 의뢰자의 아들 우현이 맞다. 누가 이런 화면을 끼워 넣은 걸까. 어떤 의도를 가지고 어떤 효과를 위해. PD는 이건 거의 초자연적인 현상이라 생각한다. 전원을 내렸는데도 화면이 재생되고 있다. 부스의 온도가 3도쯤 내려간 것처럼 느껴지며 팔에 오소소 소름이 돋는다. 어느 순간 가위눌린 것처럼 몸이 움직여지지 않는다.

화면 속의 우현은 지하철을 탄다. 가득 찬 사람들 속에서 얼굴이 시뻘개진 채 오도 가도 못 하는 자세로 버티고 있는 모습이 보인다. 장면들은 좀 이상하다. 소리가 없다. 마치 CCTV 화면들을 편집해 놓은 것 같다. 우현은 지하철에서 내려 회사로 향하고, 회사 안으로 들어가 작업복으로 갈아입은 뒤 일터로 향한다. 진영은 다리가 후들거려 주저앉았다. 무언가 이상한 일이 벌어지고 있다. 다음 장면을 절대 보고 싶지 않으면서 동시에 반드시 봐야 할 것 같은 기분이 든다. 이윽고 우현의 사수가 등장한다. 우현이 형이라 부르며 친하게 지냈던 사람으로 장례식장에 와 발인까지 도왔다. 공장장의 조카라고도 했다. 나중에 공장으로부터 위로금을 받아 주고 사후 처리를 하는 데 큰 도움을 받았다. 하지만 화면 속의 사수는 좀 다르게 느껴진다. 우현의 뒤통수를 자꾸 내려친다. 헤드록을 걸기도 한다. 장난을 치는 건지 뭔지 모르겠다. 하나 분명한 건 우현은 머리가 망가진다며 머리 건드리는 것을 싫어했다. 진영은 우현의 표정이 안 좋아지는 것을 보며 장례식에서 사수의 손을 잡고 울음을 터뜨렸던 순간을 지워 버리고 싶다.

장난만 걸던 사수는 우현을 혼자 두고 밖으로 나간다. 우현은 혼자 무거운 것을 이리 옮기고 저리 옮기고 기계를 살피고 정신없이 일한다. 잠시 뒤 컨베이어가 멈추자 우현은 기계를 멈추고 그 안으로 들어간다. 진영의 손에 땀이 나기 시작한다. 어금니가 딱딱 부딪힌다. 머릿속에 커다란 검은 터널이 만들어지며 그리로 빨려 들어갈 것 같은 기분이 든다. 헤드셋을 꽉 쥐고 진영은 혼절할 것 같은 것을 참아낸다. 화면에 사수가 다시 등장한다. 사수는 우현을 찾는 듯 이름을 부르고 고개를 이리저리 돌리더니 기계를 작동시킨다. 부주의하게. '거기 내 아들이 있어!' 말도 안 나오고 움직이지도 못하는 악몽의 한 장면에 들어온 듯하다. 기계를 작동시킨 건 사수였다. 우현의 부주의가 아니었다. CCTV도 없다고 했다. 혼자 있을 때 벌어진 일이라고 했다. 아들의 죽음 직후 사수의 손을 잡고 울었다. 진영은 자신의 어금니가 갈리는 듯한 소리를 듣는다. 진영은 그대로 정신을 잃는다.

화면은 갑작스레 끝났다. 모두가 얼음이 된 채 멈춰 있다가 누군가가 땡을 외친 것처럼 사람들의 정신도 갑작스레 돌아왔다. 코디와 작가가 진영에게 달려갔다. 소란이 일자 세라가 들어와 응급 버튼을 눌렀고 곧 구급차가 도착했다. 길어 봤자 5분에서 10분 사이였다. 하지만 누구도 설명할 수 없는, 시간 밖의 시간이었다. 진영이 병원으로 실려 가고 스태프들은 상부에 보고한 뒤 급하게 회의를 했다. 이런 식의 오류가 어떻게 생기게 된 건지, 해킹을 당한 건 아닌지 하는 안건들은 모두 뒤로 미뤄졌다. 1. 기록할 것인가 말 것인가. 2. 진영에게 오류를 인정할 것인가 말 것인가. 이 두 개가 가장 중요했다. 작가는 당연히 이 사건을 기록해야 할뿐더러 진영에게 잘못을 인정하고 언론에 알려야 한다고 주장했다. VR 체험 역사상 유례없는 일이었다. 정확히 인과 관계를 파악해 같은 일이 반복되는 것을 막아야 한다. 게다가 우현 군 사건 역시 재조명되어야 한다. 기계 조작 미숙이 아닌 사수의 실수였다는 것이 반드시 밝혀져야 한다. 언론에 문제의 그 영상 녹화본을 보내야 한다. PD의 생각은 달랐다. 단순 오류도 아니고 트라우마를 건드릴 수 있는 치명적 오류였다. 더욱 정확히 하자면 그건 오류도 아니고 초자연적인 현상, 기계에 접신이 들린 일이었다. 알려진다면 사람들은 VR 체험을 기피하게 될 것이고 정부 지원이 끊길 수도 있다. 코디도 PD와 생각이 같았다. 고인과의 만남은 예측되고 계획된 만남이어야지 이런 통제 불가능한 상황이 발생한다는 게 알려진다면 큰 문제가 될 것이다. 설왕설래가 지속되던 도중 PD는 상급자의 전화를 받았다. 한 번도 만나 보지 못한, 최고 경영자라는 직위를 가진 사람이었다. 전화를 끊고 PD는 영상을 지웠다. 그리고 이 일은 절대 발설되지 않아야 한다고 말했다.

진영이 눈을 떴을 때 코디와 세라가 곁에 있었다. 진영은 어떻게 된 일이냐고 물었다.

"종종 심신에 충격이 커서 쓰러지는 분들이 있어요."

"내가 본 화면이 뭐였어요? 모두 봤죠?"

"구현이 아주 잘됐더군요, 힘드셨을 텐데 그래도 씩씩하게 잘 보내 주셨어요."

"같이 봤잖아요. 우현이가 공장에서 사고당하는 장면."

코디는 아주 슬픈 표정으로 그런 장면은 없었다고 말했다. 안정제를 맞아 꿈과 혼동이 된 게 분명하다고도 했다. 진영은 혼란스러웠다. 안 그래도 머리가 어지럽고 뇌가 부푼 스펀지처럼 머릿속에 가득 찬 기분이었다. 생각의 연결이 잘 되지 않았고 기억은 자꾸 토막 났다. 의사가 들어와 심신의 안정이 최우선이라며 수면제와 안정제를 주사했다.

"봤어요?"

세라가 병실을 나오며 코디에게 물었다. 코디는 근처에 사람도 없는데 주위를 살피며 둘째 손가락을 입가로 가져갔다.

"고객님 머리카락이 새하얗게 되었어요. 몇 시간 만에."

작가는 집에 돌아오자마자 맥주를 한 캔 땄다. 너무나 긴 하루였다. 자신의 생각과 주장이라곤 하나도 없이 오직 윗선에 잘 보이기 위해 말하고 행동하는 게 PD라는 건 알고 있었다. 하지만 이렇게까지 심할 줄이야. 몸을 움직이지 못하고 부스에서 바라본 화면과 덜덜 떨리던 진영의 손이 떠올랐다. PD가 멍청해서 다행이다. 작가는 휴대 전화로 문제의 화면을 재생해 봤다. 회의 도중 화장실로 빠져나가 클라우드 서버에 있는 재생 목록을 개인 전화로 옮겼다. 회의가 그런 식으로 끝날 줄 이미 예상했던 거다. 일단 자료는 확보했다. 하지만 이제 이걸 가지고 무엇을 할 것인가가 남아 있다. 이걸 가지고 뭐를 하든, 아무튼 자신이 직장을 잃게 된다는 건 자명한 일이다. 범인은 너무나 뻔하니까. 작가는 대출금과 적금, 할부금이 빠져나가는 통장을 한참 들여다봤다. 내부 고발자가 되었다는 사실이 알려지면 같은 업종의 일을 구할 수 없게 된다. 규모가 큰 VR 센터여서 연봉이 나쁘지 않았다.

취업할 때 동기들이 모두 부러워했다. 같이 부딪히며 일하는 상사가 PD 하나뿐이라 스트레스도 심하지 않았다. 그런데 왜 이 모든 것을 버리려고 하는 것인지 스스로도 이유를 알 수 없었다.

"우리 엄마랑 너무 닮았잖아."

작가는 혼잣말을 하며 가방을 뒤졌다. 아까 진영에게 받은 떡이 들어 있었다. 밥 한 끼 먹는 게 뭐라고 그 무거운 것들을 바리바리 싸 들고 오다니. 엄마들이란. 자식이 죽고 나서도 그 밥 한 끼가 마음에 그렇게 걸리는 것일까. 떡을 안주 삼아 맥주를 마시며 작가는 컴퓨터를 켰다. 그리고 나오는 첫 화면에 떡과 안주를 그대로 뱉고 말았다.

'사고가 아니고 살인. VR에 다녀간 영혼.'

세라는 좀 전에 자신이 친 문구를 한참 들여다봤다. 폰트도 메시지도 너무나 적절하다. 다운 받은 화면에 자막을 입히고, 전후 관계를 설명하는 글을 달고, 당시의 뉴스와 함께 편집했다. 영상 편집본은 유튜브에 올리고 사진과 텍스트로 요약한 글은 모든 SNS 계정과 포털 사이트, 인터넷 커뮤니티에 올렸다. 인플루언서 친구들에게 도움을 청해 영상의 요약본과 영상의 링크를 그들의 사이트에 게재했다. 들불 붙은 것처럼 게시물이 퍼져 나갔다. 정말 우현의 영혼이 에버 어게인의 VR을 통해 다녀간 것인지, 오류라면 어떤 종류의 오류인지 의견이 분분했다. 당시의 사고가 재조명된 것은 물론이었다. 괜히 IT 특성화고 디지털 콘텐츠학과를 다니는 게 아니다. 직장에서는 답답한 유니폼을 입고 로봇처럼 웃으며 같은 말만 하지만. 거기서 일한 지 벌써 세 달이 다 되어 가는데 누구도 어떤 프로그램을 다룰 줄 아느냐고 한 번도 묻지를 않는다. 오늘도 그 사건이 일어나는 모든 시간에 거기에 있었는데 다들 병풍으로 생각하는지 관심을 갖지 않았다. 조심조차 하지 않았다. 보안 체계가 허술한 회사의 메인 컴퓨터에서 영상을 다운 받는 건 식은 죽 먹기였다. 회의 중 말소리는 문밖으로 다 새어 나왔고 진실도 새어 나왔다. 세라는 우현이 낯설게 느껴지지 않았다. 그때나 지금이나 처지가 비슷한 산업체 실습생. 세라의 인턴 기간은 고작 일주일 남았다. 여기서는 인턴을 정직원으로 채용하는 선례도 없었다. 엿이나 먹으라지.

진영이 나눠 준 떡을 꼭꼭 씹으며 세라는 화면을 뚫어지게 쳐다봤다. 유튜브 조회 수가 엄청나게 올라가고 있다. 포털 사이트의 추천 영상으로 떴기 때문이다.

'제사 음식을 먹었으면 밥값은 해야지.'

새하얗게 변해 버린 진영의 머리카락을 떠올리며 세라는 생각했다. 아까부터 휴대 전화가 울리고 있었다. 에버 어게인. 회사였다. 회사의 이름이 새삼 눈에 들어왔다. '절대로 다시는.'

절대로 다시는 우현 같은 애들이 생기지 않았으면 좋겠다. 이번에야말로 눈을 크게 뜨고, 사람들이 제대로 봐 주었으면 좋겠다. 그러라고 배운 온라인 마케팅과 알고리즘이었다.

작가의 말

이 원고에 작가의 말을 다는 것은 참으로 힘든 일이다. 한참 동안 빈 화면만 바라보다 간신히 쓴다. 어떤 시스템에 래그라도 걸린 것처럼 해마다 비슷한 일들이 반복된다. 근로자이자 학생인 애매한 신분으로 보호받지 못한 아이들이 사고를 당한다. 회사는 현장 실습생의 부주의로 몰아가고 늘 그 자리에는 현장 관리자나 전문가가 부재한다. 조사가 진행되면 관리 감독의 소홀을 인정하지만 교육부와 고용노동부는 서로에게 문제를 떠넘긴다. 정부는 뒤늦게 관련 정책을 강화하지만 정권에 따라 다시 완화된다. 또다시 사고가 발생하면 처음으로 돌아가 무한 반복.

최근 잠수 사고로 하늘나라로 간 홍정운 군의 뉴스를 보고 많은 눈물을 흘렸다. 무기력함을 느꼈지만 떠난 아이들의 영정 앞에 헌화하는 마음으로 〈에버 어게인〉을 썼다. 부모로서 어른으로서 미안하고 참담하다. 부디 아이들만은 지킬 수 있는 사회가 되길, 반드시 변화하길, 우리의 관심이 최소한의 안전망이 되어 준다는 것을 우리 스스로 잊지 않길 마음으로 바란다.

03 연수에게

김지숙

2009년 단편 소설「스미스」로 제10회 중앙신인문학상을 수상하며 작품 활동을 시작했다. 지은 책으로는『종말주의자 고희망』,『소녀A, 중도 하차합니다』,『비밀노트』등이 있다.

연수야, 안녕. 오랜만에 너에게 편지를 쓰는 것 같아. 사실 마지막으로 너에게 쓴 편지가 언제였는지 기억조차 나지 않아. 그보다 내가 너에게 편지를 쓴 적이 있었던가?

편지를 쓰는 건 주로 너였지. 중학생이 된 이후에는 주로 휴대 전화로 메시지를 주고받았지만, 초등학생일 때 너는 편지 쓰는 걸 유난히 좋아했잖아. 별다른 용건도 없이 "언니가 너무 좋아." "언니가 공부하느라 자주 못 봐서 슬퍼." 이런 사소한 내용의 편지를 써서 내 책가방에 넣어 두고는 했던 게 기억나. 덕분에 나는 학교에 가서 책가방을 열 때마다 내심 기대하고는 했지. 초성이 큼직한 너의 글씨가 보이면 아침부터 기분이 좋았어.

내가 대학에 가고 난 뒤 집을 떠나 있을 때, 내 자취방 주소를 알아내서 크리스마스카드를 보냈던 거 기억하니? 집에서 만나서 줘도 되는데 굳이 우체국에 가서 카드를 부쳤을 네 모습을 상상하면서 웃었어. 편지 봉투에 서울의 낯선 주소를 적어 넣는 열한 살의 이연수 어린이는 어떤 표정을 짓고 있었을까.

그러고 보니 너, 초등학생일 때는 매년 어버이날에 부모님한테뿐 아니라 나에게도 편지를 썼잖아. 넌 편지 쓰는 게 좋아서 그랬다고 했지만, 받을 때마다 기분이 묘했어. 난 아홉 살 차이가 나는 언니일 뿐인데, 마치 작은 엄마가 된 기분이 들었거든. 때로는 내가 언니와 엄마의 중간 정도 되는 존재처럼 느껴지기도 했어. 만약에 부모님께 안 좋은 일이 생기면, 내가 너를 책임져야 한다는 생각을 무심코 하기도 했으니까. 이 얘길 들으면 연수 너는 나를 막 혼내겠지? 언니, 왜 그렇게 슬픈 생각을 해, 하고.

내가 책임감 있는 언니였다는 얘기를 하려는 건 아니야.

오히려 무심하고 불친절한 언니에 가까웠을 거야.

처음 엄마가 동생이 생길 거라고 말했을 때를 기억해. 나는 초등학교 2학년이었는데, 이른 사춘기 탓인지 엄마의 배가 부풀어 오르는 게 당황스럽고 무서웠어. 자주 피곤해하는 엄마를 보면서, 배 속에 들어 있는 건 엄마를 빼앗아 갈 괴물이라고 생각했어. 네가 태어나고 난 다음에도 한동안 네 존재가 거추장스러웠어. 넌 매일 밤 울고, 내 학용품을 물어뜯고, 숙제를 망치고, 내 물건을 탐냈지. 그때마다 나는 언니라는 이유로 모든 걸 이해해야 하는 내 처지가 억울했고.

아홉 살이라는 나이 차이 때문에, 우리는 자라면서도 살갑게 붙어 있지는 못했어. 네가 말을 곧잘 하게 된 즈음엔 난 중학생이 되어 학교랑 학원에 다니느라 바빴고, 고등학생이 되어서는 입시 때문에 바빴고, 결국 대학에 가면서 집을 떠나 버렸으니까. 그 뒤로는 가끔 집에 갈 때마다 네가 부쩍 자라 있어서 매번 놀랐던 기억이 나.

그런데도 너는 가끔 보는 언니에게 참 살가운 동생이었어. 집에 갈 때마다 조잘조잘 집안의 근황을 풀어놓기도 하고, 나의 작은 성취에도 당황스러울 정도로 감격하고는 했으니까.

뒤늦게 미대 입시를 준비하며 내가 학원에서 그려 온 그림을 보았을 때도, 목표를 낮춰 지원한 시각디자인학과에 합격했을 때도, 그리고 오랜 방황 끝에 지금 일하는 디자인 회사에 들어갔을 때도 넌 말해 줬지. 언니는 정말 대단하다고, 나도 언니처럼 서울에 가서 일하고 싶다고.

그때마다 나는 애매한 표정을 지었을 거야. 사실은 내가 이룬 것들이 그렇게 대단한 건 아니어서, 9년 뒤에는 너도 충분히 할 수 있는 것들인데 그저 나이가 많다는 이유로 과분한 평가를 받는 것 같아서 불편했지. 하지만 한편으로는, 네 눈에 깃든 동경의 시선을 포기하고 싶지 않았어. 네 눈빛이 내가 정말로 괜찮은 사람이라고, 그럴듯한 어른이라고 말해 주는 것 같았거든.

하지만 나는 알고 있었어. 너는 나보다 현명하게 자기 자리를 찾아갈 애라는 걸. 그토록 원하던 대학에 가고 나서도, 막상 취업은 어느 방향으로 해야 할지 몰라서 1년 동안 방황만 한 나와는 달리, 관심도 없던 공무원 시험을 준비하느라 다시 3년을 날려 먹고 겨우 선배의 소개로 들어간 디자인 회사에서 하루하루 의욕 없이 일하는 나와는 달리, 너는 네가 원하는 방향을 정확하게 아는 아이였거든.

넌 참 여러모로 나와 달랐어. 나는 좋게 말해서 '자발적 아싸'였는데 너는 시간이 지날수록 '핵인싸'가 되어 가더라. 친구에 둘러싸인 너는 약속도 많고, 멋도 잘 부리고, 사고 싶은 것도 하고 싶은 것도 많은 아이처럼 보였어. 주변이 늘 바글바글한 느낌이었지.

한번은 우연히 길에서 친구들과 있는 너를 본 적이 있어. 늦은 시간이었고, 네가 알바를 하는 대형 마트 앞이었어. 넌 친구에게 우스꽝스럽게 생긴 구운 오징어 모양 쿠션을 안겨 주며 얼굴이 터질 듯이 웃고 있었어. 리본이 붙어 있는 것을 보고 선물이라고 짐작했어. 넌 그렇게 딱히 실용적이지 않은 선물을 하는 걸 좋아하잖아. 내 자취방 침대에도 네가 사 온 춤추는 통닭 모자가 놓여 있어.

엄마는 나와는 다르게 공부나 입시보다 알바 하는 데 관심이 많은 너를 걱정했어. 하지만 난 엄마와는 생각이 달랐어. 넌 일하는 게 즐거운 아이였어. 스스로 돈을 벌어서 쓰는 기쁨도 이미 아는 것 같았고 말이야.

네가 직업 학교에 가고 싶어 한다고 걱정하는 엄마의 전화를 받았을 때도 너다운 선택이라고 생각했어. 인문계 고등학교를 갈 수 없었던 것도 아닌데 네가 그 학교를 선택한 이유는 명확했어. "공부보다 일이 좋으니까, 좋은 걸 더 빨리 하고 싶어서."라고 너는 말했지. 사회가 고졸 출신에게 녹록지 않다는 걸 알아 버린 사회 초년생인 나는 말려야 하나, 생각했지만 네 말에 결국 설득당했어. 직업 학교가 앞으로 각광받을 거라고, 지원도 많이 늘어나고 있다던 너의 말이, 인터넷을 찾아보니까 거짓말이 아닌 것 같았어. 나도 대학을 나왔지만, 그 시간을 통해서 내가 얻은 게 무엇인가 생각해 보면 허무해질 때가 있었으니까.

막상 입학하고 난 다음에는 너뿐만 아니라 부모님도 만족했지. 우선 네가 학교생활에 만족했고, 성적도 상위권에 들고 그랬으니까. 솔직히 너의 고등학교 시절에 대해서 나는 잘 몰라. 너도 알다시피 그때 나는 뜬금없이 공무원 준비를 한다고 노량진에 갇혀 살다시피 했잖아. 친구들 연락도 다 끊고, 가끔씩 안부를 묻는 네 카톡에도 몇 주 뒤에야 겨우 대답하는 생활이었지. 한 번만 시도해 보자던 시험에 미련이 남아 결국 3년을 보냈고 말이야.

세 번째 시험을 준비하던 중에 네가 날 보러 노량진에 왔던 거 기억나? 햄버그스테이크를 먹고 설탕 맛이 강한 과일주스를 마시고 헤어졌잖아. 햄버그스테이크와 스파게티는, 3,500원짜리 식권으로 고시 식당만 가곤 했던 내가 고심 끝에 고른 메뉴였어. 네가 고등학교에서 디자인과에 갔다는 것도 그날 알았어. 혹시 나 때문이었느냐고 묻자, 네가 고개를 끄덕였지.

"언니가 시각디자인학과 갈 때 그랬잖아. '한번 주변을 봐라, 사방에 디자인이 안 들어간 곳이 있나. 디자인은 어디에나 있어.' 그 말이 멋있어서 나도 디자인학과에 갔지."

그러고 나서 연수 네가 물었지.

"근데 언니, 왜 공무원이 하고 싶은 거야? 언니 디자인학과 나왔잖아."

대답이 궁색해서 나는 집중해서 스테이크를 자르는 척했어.

그때도 넌 내 가방에 편지를 몰래 넣어 두었지. "언니 힘내, 내가 응원할게!" 그 쪽지를 보며 울었다고 하면 네가 속상해하려나. 뚜렷한 목표도 없이 공무원 시험을 시작한 내 자신이 새삼스레 부끄러워서, 그리고 햄버그스테이크에 쓴 돈이 아깝다고 생각했던 내가 초라해서 한참을 울었어.

세 번째 시험에 떨어졌을 때, 나는 자신이 퇴사한 자리에 나를 추천해 주겠다는 선배의 말에 미련 없이 노량진을 떠났어. 내가 일하게 된 곳은 일곱 명 정도의 직원이 있는 디자인 회사였어. 주로 사보나 브로슈어 같은 걸 만들었지. 두 개의 대기업에서 고정적으로 일을 받아서 유지가 되었지만, 그것도 언제 끊길지 몰라 전전긍긍하는 곳이었지. 늘 빡빡한 마감 일정을 맞추고 들쑥날쑥한 클라이언트의 입맛에 맞춰 끊임없이 디자인 수정을 거치는 일도 고되었지만, 더 힘든 건 클라이언트가 주는 업무 외의 일들이었어. 분명 모두 다 그런 건 아니었는데, 진상 클라이언트가 하나씩은 꼭 있었지. 가족 잔치의 초대장을 만들어 달라거나, 아이 미술 숙제를 봐 달라는 사람도 있었어. 회사 대표는 클라이언트의 비위를 맞추는 게 중요하니까 눈 딱 감고 해 주라는 식이었어. 업무인 듯 업무 아닌 일들을 하다 보면 기분이 상하다 못해 무력해지고는 했지.

집에 제시간에 간 게 생각이 안 날 정도의 업무량을 소화하며 견뎌야지, 견뎌야지, 하고 주문을 외우면서 하루하루를 보냈어. 그런 생활을 1넌 정도 했을 때, 연수 네가 서울에 오게 된 거야. 네가 서울에 있는 콜 센터에서 현장 실습생으로 일하게 되었다고, 당분간 같이 지내라고 엄마가 전화를 했을 때 솔직히 피곤한 마음이 앞섰어. 방은 나 한 명 살기도 빠듯했고 마음의 여유는 더더욱 없었으니까. 나중에 듣고 보니 네가 학교와 연계된 업체들을 거절하고 일부러 서울에 있는 곳으로 지원했다고 하더라. 서울에서 일해 보고 싶은 욕심도 있고, 내가 있기도 해서였겠지.

급하게 매트리스를 하나 사서 욱여넣었지. 원룸은 침대 두 개로 가득 찬 것 같았어. 오랜만에 서울에서 본 너는 그새 또 커 있었어. 키가 컸다기보다는 다부진 눈매와 야무진 태도가 너의 성장을 알려 줬어. 생필품을 사러 간 마트에서 과자를 고르며 잔뜩 흥분한 네 모습은 또 어린애 같았지만 말이야. 전자레인지에 돌려 먹는 것만 사고 요리 재료는 사지 않는 나를 너는 이상하게 보았어. 내가 모든 음식을 전자레인지로만 조리해서 싱크대를 아예 막아 버린 걸 보고 놀라던 네 표정을 잊을 수가 없어.

디자인학과에서 공부한 너와는 말이 잘 통했어. 내가 아는 디자인 용어들을 너도 거의 알고 있었고, 당장 간단한 업무를 시작해도 될 만큼 프로그램도 쓸 줄 아는 것 같았지. 포트폴리오도 충분했고. 너와 디자인 일에 대한 이야기를 하고 있자니 기분이 이상했어.

나는 항상 너보다 앞선 세계에 속해 있는 언니였는데, 너는 항상 나를 동경의 눈으로 봐 주었는데, 어느새 너만 쑥 자라서 나와 눈높이를 맞춘 느낌이랄까. 내가 헤매고 방황하는 사이에, 너는 똑 부러지게 자기 길을 찾아서 노력했구나, 싶었어. 그래, 솔직히 말해서 대견한 감정과 함께 씁쓸함도 몰려왔어.

물론 연수 너에게도 고충이 많았다는 걸 알 수 있었어. 너는 디자인 회사에서 현장 실습생을 구하는 자리는 많지 않아서, 결국 포기하고 콜 센터를 선택했다는 얘기를 들려줬지. 그래도 사무직이라서 들어가기가 쉽지 않았다고.

"언니, 나 이력서 몇 장 썼는 줄 알아?"

너는 내가 대답을 하기 전에 손가락 두 개를 펴 보였지. "스무 장?" 하고 내가 묻자 "2백 장!" 하고 외치며 너는 웃었어.

다음 날 새벽같이 일어나 화장을 하고 고데기로 머리를 말며 출근 준비를 하는 너는 긴장한 얼굴이었어. 집을 나서면서 너는 나에게 뭔가 조언해 줄 게 있느냐고 했지. 나는 고민하다가 말했어.

"너무 나서지 마. 분위기 봐서 남들 하는 정도만 해."

그날 출근길에 너에게 해 준 말을 떠올리며 후회가 밀려왔어. 어째서 그 순간 너에게 해 줄 수 있는 말이 그것밖에 안 떠올랐을까. 찾아보면 너의 시작을 응원하는 멋진 말이 하나쯤은 있었을 텐데 말이야.

나의 미안한 마음과는 다르게 그날 회사에서 돌아온 너는 잔뜩 흥분해 있었지.

"언니, 우리 회사 건물 엄청 좋아. 화장실도 엄청 넓고 깨끗해."

"우리 팀 이름이 세이브 팀이래. 근데 선배들은 다 해지 방어 팀이라고 부르더라고."

"사무실에 방어율이 막 숫자로 떠. 얼마나 막았는지 보여 주는 건가 봐. 방어율이라고 하니까 막 야구 같고 멋지지 않아?"

"나 잘할 수 있을 것 같아. 빨리 교육 끝나고 실무에 투입되었으면 좋겠어."

"선배들도 다 좋은 거 같아."

말을 쏟아내는 너를 보면서 막연히 잘될 거라고, 너는 나와 다를 거라고 예감했어.

네가 교육이 끝나고 실무에 투입되면서 우리는 한집에 살면서도 얼굴 보기가 힘들어졌어. 내가 아는 콜 센터는 모두 6시가 지나면 전화 연결이 안 되던데 왜 넌 매일같이 야근을 하는지 궁금했지. 콜 수를 채우느라, 다른 업무들은 업무 시간 이후로 미뤄야 한다는 건 나중에 알았지.

집에 오자마자 씻고 자기에 바빴던 나와는 달리, 너는 일 끝나고 오면 항상 나와 대화를 나누고 싶어 했어. 그날 있었던 일들이나 생각을 두서없이 늘어놓기도 했고 말이야.

"언니, 전화 거는 사람들이 다 화가 나 있어."

"언니, 우리 팀 별명이 욕받이 팀이래."

"언니, 내가 오늘 무슨 말을 들었는지 알아? 개인 번호를 달라는 거야. 목소리가 맘에 든다고. 어이가 없어서."

나는 너의 말들을 건성으로 들으면서 꾸벅꾸벅 졸았어. 야근을 해도 생기가 있는 널 보면서 어려서 그런가 보다, 하고 부러워하면서 말이야.

어느 순간부터 너는 슬슬 회사 욕도 하기 시작했어. 너는 왜 해지를 방어하려고 하는지 이해가 안 간다고 했지.

"솔직히 매뉴얼이 좀 이상해. 고객이 그만하겠다고 하면 신속하게 해지를 해 줘야 기업 이미지가 좋아지는 거 아니야?"

"그렇게 고객 잡아 둬 봤자 서비스가 만족스럽겠느냐고."

"어떤 선배가 그러는데 원래 현장 실습생은 해지 방어에 안 보냈대. 근데 다들 가기 싫어하니까 우릴 박아 넣은 거야."

"오늘 같이 들어왔던 애가 그만뒀어. 이제 다섯 명밖에 안 남았어."

회사 욕하는 걸 들으면서 네가 정말 일하는 사람이 되어 간다는 생각이 들었어. 일에 대한 환상을 깨뜨리는 거, 그게 수순이니까. 일이 많이 힘드냐고 물어볼 수도 있었지만, 나는 그러지 않았어. 왜냐하면 일은 원래 힘든 거고, 네가 그걸 배워 가는 과정이라고 생각했으니까.

실컷 회사 욕을 하고 난 다음에 너는 "그래도 잘 버틸 거야. 힘들게 들어간 자리니까." 하고 긍정적인 멘트로 마무리를 했지. 그 말이 스스로에게 거는 주문처럼 들리기도 했어.

네가 하는 말들의 결이 조금씩 달라진다고 느낀 건 언제였을까. 네가 뜬금없는 질문을 던지기 시작하던 때였을까.

"언니, 인간은 왜 일을 해야 하는 걸까?"

"언니, 일을 그만두면 인생 망하겠지?"

"언니, 나는 왜 사람이 사람을 죽이고 싶어지는지 알 것 같아."

너의 말 속에서 나는 심상치 않은 변화를 느낄 수 있었어. 하지만 모르는 척 넘겼어. 그것 또한 과정이라 여기기도 했고, 내가 대학을 졸업한 뒤 맛본 씁쓸한 패배들을 떠오르게 해서 불편했거든. 그래서였을 거야, 네가 "언니는 왜 일을 하는 거야?" 하고 질문했을 때 "먹고살려고 일하지. 별게 있는 줄 아니."하고 삐딱하게 대답한 것은.

하지만 막연한 질문들마저도 얼마 지나지 않아 자취를 감췄어. 너는 말수가 적어지기 시작했어. 생각이 많아 보였고, 멍해 보이기도 했지. 그때 너의 변화를 눈치챘어야 했는데.

돌이켜 보면 너와 같이 지내는 시간이 길어질수록 나는 너에게 점점 불친절해지고 있었어. 네가 한 2인분의 요리들이 냉장고에서 썩어 가는 것도, 네가 기분 전환 한다며 사들이는 비실용적인 물건들도 모두 피곤할 따름이었어. 아까 말한, 우리 침대에 놓여 있다던 움직이는 통닭 모자 말이야. 그걸 네가 사 왔을 때도 나는 한 번도 웃어 주지 않았지. 좁은 원룸에 이렇게 부피가 큰 걸 사면 어떡하느냐며 너에게 무안을 줬어. 너는 그냥, 내가 웃는 모습을 한번 보고 싶을 뿐이었는데.

변명을 하자면, 그때 즈음 내 업무량은 감당 안 될 정도로 늘어났어. 옆 팀 차장이 갑자기 그만두는 바람에 두 사람 몫의 일이 나에게 떨어졌거든. 일이 늘어난 건 둘째 치고 당시에 나에게 넘어온 클라이언트 때문에 맘고생이 심했어. 그 사람은 클라이언트들 중에서도 블랙리스트 상위에 올라 있었는데, 금요일 저녁에 일을 주면서 월요일 아침까지 해 놓으라든지, 막연히 '미래 지향적으로'라는 주문을 하며 디자인을 수십 번씩 수정하는 걸로 유명했지. 지쳐서 맨 처음에 보여 준 디자인을 슬쩍 내밀면, 진작에 이렇게 잘하지 그랬느냐며 오케이를 하기도 했어. 하지만 대기업 사람이고, 워낙 다른 자잘한 일들도 잘 물어다 주는지라 아쉬운 소리 한번을 할 수 없었어. 그만둔 선배도 그 클라이언트에 질려서 그만뒀다고 우리끼리 수군거리곤 했어. 그런데 내가 그 사람의 담당이 된 거야.

그즈음 있었던 일 하나를 알려 줄까. 자정까지 겨우 책자

마감을 하고 인쇄 넘기려던 차에 그 사람한테 전화가 온 적이 있어. 술집인지 주변이 시끄러웠는데, 그 사람이 혀가 꼬인 채로 말했지.

"책자 아직 안 넘겼죠? 거기 오타가 있어요. 내가 사외 이사 이름을 잘못 말한 거 같아. 이동식이 아니라 이동완이에요. 그것만 수정해서 넘겨 줘요."

피곤이 몰려왔지만, 집중력이 흩어졌을 때 치명적인 실수가 나오기 마련이라서 나는 정신을 바짝 차리려고 애를 썼지. 나는 재차 물었어.

"완두콩 할 때 완 자, 말씀이시죠?"

"맞아요, 완두콩 할 때 완!"

나는 다시 PC를 켜고 이름을 바꿔서 일을 마무리했지. 완두콩 할 때 완, 하고 중얼거리면서. 그날 퇴근해서는 세수도 못 하고 쓰러져 잤고 말이야.

문제는 책자가 나온 다음에 터졌어. 클라이언트가 자기는 그런 지시를 한 적이 없다고 발뺌을 하는 거야. 동완이라는 이름 자체를 말한 적이 없대. 그 사람이 자기 상사까지 대동하고 회사에 와서는, 욕을 섞어 가며, 이거 어떻게 책임질 거냐고 호통을 치는데 나는 할 말이 없었어. 휴대 전화면 통화 내역이라도 보여 주겠지만 회사 전화로 온 거였거든. 억울하지만 증명할 방법이 없었지. 나는 완두콩 할 때 완, 생각 안 나시느냐고 물으려다가 입을 다물었어. 그 사람의 눈빛을 봤거든. 들킬까 봐 두려워하는 눈빛, 상사한테 본인이 깨질까 봐 오히려 더 성을 내고 있지만 미세하게 흔들리는 목소리, 그 사람은 자신이 실수했다는 걸 알고 있었던 거야. 그래서 나는 그냥 죄송하다고 했지. 그게 더 나은 대처라는 걸, 모르지 않았거든. 회사 대표가 우리 비용으로 인쇄 6천 부를 다시 찍겠다고 약속하면서 일은 일단락되었어.

연수야, 변명을 하자면 그때 내가 너에게 친절하게 굴지 못한 건 내가 그런 처지에 있었던 것도 한몫했을 거야. 나는 지쳐 있었고, 쪼그라들어 있었어. 그래서 상황을 바꿔 볼 생각조차 하지 못한 채, 말라 가고 있었지. 네가 나와 같은 길을 걷게 된대도 솔직히 어쩔 수 없다고 생각했어. 그냥 이 세상은 부조리하게 생겨 먹었다고, 그러니까 우리처럼 힘없는 사람들은 그저 숨만 쉬며 버티는 수밖에 없다고 생각하고 있었던 거야. 다만 그런 얘기를 시시콜콜히 하고 싶진 않았어. 너에게는 아직 버텨야겠다는 투지와 나아질 거라는 희망이 보였으니까, 내가 먼저 꺾고 싶지는 않았어.

그런데, 그러다가 우연히 네 노트를 본 거야. 분홍 돌고래가 표지에 그려진 직사각형의 노트를.

그 노트는 네가 서울에 올라온 날 갔던 마트에서 산 거였지. 회사에 남아도는 다이어리를 가져다주겠다고 했지만, 넌 이 분홍 돌고래 노트를 꼭 사고 싶다고 했어. 돈을 벌어서 분홍 돌고래를 보러 아마존에 가 보는 게 꿈이라면서 말이야.

너보다 퇴근이 빨랐던 어느 날, 나는 책장에 꽂혀 있는 그 노트를 무심코 펼쳐 봤어. 별다른 생각 없이 본 거였는데, 문득 동생 일기를 훔쳐보는 것 같은 죄책감이 들었지. 여전히 초성을 큼직하게 쓰는 너의 글씨체가 보였어. 그 안에 적혀 있는 건 일기가 아니었어. 누군가의 '말들'이었지.

맨 위에 가지런히 날짜가 적혀 있었고, 그 아래는 따옴표 안에 수많은 말이 적혀 있었어.

"썅년아, 지금 당장 안 하면 너네 집에 가서 칼로 쑤셔 버린다."

"너 남친 없지? 그러니까 그런 데서 일하는 거 아냐?"

"귓구녕에 똥 들었냐? 말귀를 못 알아 처먹어?"

"너 어리지? 그럼 일 그만두고 나랑 만날래? 내 번호 거기 뜨잖아."

누가 보았다면 연극의 대본인가 했을 거야. 그다음 장도, 다음 장도 마찬가지였지. 열 장 남짓 읽다가 나는 읽기를 그만두었어. 그저 보는 것만으로도 모욕감이 치밀어서, 욕지기가 올라왔어. 그 말들이 네가 일하면서 들어야 했던 말이라는 건 짐작하기 어렵지 않았어. 매일매일 너는 그 말들을 기록하고 있었던 거야.

그 노트에 대해서 당장 물어볼 엄두가 나지 않았어. 네가 어떻게 하면 좋으냐고 나에게 물어 온다면, 어떤 대답을 해줘야 할지 알 수 없었거든. 그만두라고 말하면 될까? 그렇게 학교로 돌아가면 오히려 너에게 손해가 더 큰 게 아닐까? 아니면 좀 더 버티라고, 그 말들에도 곧 익숙해질 거라고 말해야 할까. 하지만 어떤 말들은 사람을 망가뜨린다는 사실을 난 모르지 않는데. 결국 너에게 노트에 대해서 묻지 못하고 모르는 척을 했지.

네가 아프지 않았더라면, 어쩌면 나는 끝까지 그 노트를 못 본 척했을지도 몰라.

하루는 네가 많이 아팠어. 아침에 일어났더니 네가 고열로 끙끙대고 있었지. 병원에 갈 수 있는 상태도 아니어서 해열

제를 먹이고 얼굴에 수건을 대 주면서 오전을 보내고 나서야 겨우 열이 떨어졌어. 나는 오전에는 반차를 냈지만 오후에는 회사에 가야만 하는 상황이었어. 입술이 허옇게 튼 너를 두고 나오면서 나는 너희 회사 팀장이라는 사람에게 전화를 했지. 내가 연수의 언니라고 했더니, 들릴 정도로 한숨을 쉬었어. 본인이 피곤한 상황이라는 걸 감추지 않았어.

"이제 일 시작했으면 성인인데, 언니분이 전화를 대신 해 주시는 건가요?"

나는 네가 말도 제대로 할 수 없는 상태고, 정확히는 성인이 아니라 학생이라고 말했지.

"기왕 언니분이 전화하신 김에 한 말씀 드릴게요. 연수한테 교육 좀 해 주세요."

"무슨 교육이요?"

"개 말투 관련해서요. 여기서 일하려면 프로페셔널 해야 하거든요. 자기 감정도 숨길 줄 알아야 하고요. 연수가 어제 상담 중에 고객한테 '말씀을 좀 부드럽게 해 주실 수 있나요?'라고 요청을 하던데, 그런 걸 프로페셔널 하다고 할 수는 없겠죠."

나는 노트에 적힌 말들이 떠올랐어. 어떤 말을 들었기에 그런 요청을 했을까 싶었지만, 팀장의 입장은 다르더라.

"그렇게 말하면 고객이 우리 마음을 알아줄 줄 알았나 본데, 여기는 일하는 곳이에요. 연수한테 잘 생각해 보라고 해 주세요."

팀장이 요청한 교육을 너에게 할 생각은 없었어. 대신 너에게 노트에 대해서 물어야겠다고 생각했지. 그날 저녁, 핏기가 가신 너에게 죽을 먹이면서 넌지시 물었지. 왜 그런 글을 쓰고 있느냐고.

"회사 선배가 그런 얘기를 하더라고. 우리는 나쁜 말을 많이 들으니까, 그 말들을 쌓아 두지 말고 버려야 한다고. 자기는 그래서 그 말을 쭉 적은 다음에 종이를 찢어 버린대. 그러면 그 말들이 밖으로 빠져나간 것 같은 기분이 든대."

"그런데 왜 넌 찢지 않고 그냥 쓰기만 했어?"

넌 말없이 죽을 몇 숟갈 떠먹었지. 그 뒤에 네가 꺼낸 말을 나는 잊을 수가 없어.

"언니, 나는 저걸 찢어서 없는 것처럼 만들기 싫어. 나는 저 말들을 피하지 않을 거야. 저 말들을 듣고도 아무렇지 않을 정도로 강한 사람이 될 거야."

네 말에 어떻게 반응해야 할지 알 수 없었어. 왜냐하면 저런 말을 들었다면 화가 나고 상처받는 게 당연한 거니까. 무엇이 너를 견뎌야 한다고 생각하게 만들었을까. 회사 선배들, 팀장, 학교, 어쩌면 내가 그런 걸지도 몰라. 너의 노트를 보고도, 왜 이런 말을 네가 들어야 하느냐고 따지지 못했던 나 같은 사람들이 너를 견디게 만들었는지도 모르지.

한차례 아프고 난 뒤, 넌 회사에 빠지지 않고 나갔어. 야근은 길어지고, 우리는 더 얼굴을 보기 힘들어졌지. 주말이면 서울에서 사귄 친구들과 놀러 나가거나 나를 졸라 서울 여기저기를 돌아다니고 싶어 하던 너도 정오가 지나도록 침대에서 나오지 못하기도 했어. 그래도 출근만큼은 말없이 했지. 일하러 가기 싫다며 일요일에 투덜대기도 했지만, 월요일이 되면 덜 마른 머리카락을 흔들며 출근을 했어. 그렇게 버티던 너였는데, 그날은 왜 그런 일이 생긴 걸까. 회사에서 전화가 왔을 때 느낌이 좋지 않았어. 예전에 통화한 적이 있던 팀장이 네가 다쳤다고 했지. 사무실이 있는 건물에서 뛰어내렸고 병원에 있다고 했어.

그 뒤에 일어난 일들을 너는 기억하지 못하겠지. 의식을 찾지 못했으니까. 네가 떨어진 높이는 부상으로 끝날 수도 있고 운이 나쁘면 즉사할 수도 있는 높이였어. 너는 죽지 않았지만 머리를 다쳤고, 그렇게 아직도 병원에서 돌아오지 못하고 있어.

나중에 네가 뛰어내린 곳에 가 보았어. 네가 일하던 곳보다 한 층 높은 4층 창문에서 아래를 내려다보았어. 나무 하나 없는 시멘트 바닥이 위험해 보였어. 왜 그랬을까 생각하고 또 생각했어. 너는 그런 말들을 다 견딜 각오가 되어 있는 아이였으니까, 이해가 가지 않았어. 팀장이 말을 아껴서, 나는 같이 일하는 사람들에게 개인적으로 연락을 해서 나중에 알았어. 네가 고객에게 "당신 딸이 콜 센터에서 일해도 그렇게 말할 거냐."라고 했다고. 그 말을 하자마자 겁에 질려서 헤드셋을 던지고 뛰쳐나갔다고.

연수야, 언니는 그런 생각을 한 적이 있어. 일하기가 버거웠던 날, 출근길에 교통사고가 나서 회사에 지각해도 혼나지 않을 만큼만 다쳤으면 좋겠다고. 너도 그 상황을 모면하고 싶었던 거니? 혼날까 봐 무서웠던 거야? 아니면 너무 화가 나서 그 자리에서 버틸 수 없었던 거야? 그것도 아니면 혹시, 그 말들 때문이니? 네가 노트에 적어 놓았던 말들이 너를 괴롭게 만들었던 거야?

연수야, 내 동생 연수야, 사랑하는 연수야.

네가 의식을 잃고 나서 한동안 나는 정신을 차릴 수가 없었어. 어제는 카드 지갑을 잃어버렸지 뭐니. 네가 알았다면 언니, 칠칠맞게 그게 뭐야, 하고 혼냈겠지. 그래도 카드를 정지해야겠다 싶어서 전화를 했는데, 이런 통화 연결음이 나오더라.

"지금 연결해 드릴 상담원은 누군가의 소중한 가족입니다. 고객님, 잘 부탁드립니다……."

통화 연결음이 멈추고 상담사가 상냥하게 인사를 해 왔지만, 나는 답을 못 하고 끊어 버렸어. 너의 가족은 나였잖아. 너를 지켜 줘야 할 사람이 바로 나였잖아. 그런데 기회를 놓쳐 버린 것 같았어.

늦었지만 네가 일어나면 나는 이야기해 줄 거야. 그 누구도, 그런 말을 견뎌야 할 필요는 없다고. 네 노트에 써 있던 말들을 견디는 것은 옳지 못하다고.

연수야, 지금 나는 너에게 가고 있어. 가방에는 노트가 들어 있어. 네 귀여운 글씨 옆에 나도 몇 자 적었어. 내가 스스로에게 되뇌던 말들, "먹고살려면 무조건 참아야지.", "솔직히 뭘 바꿀 수 있겠어." 같은 말들을 말이야. 네가 깨어나면 난 너와 함께 이 말들을 모조리 찢어 버릴 거야. 우리 몸속에 고인 말들을 모두 부숴 버리자. 그리고 분홍 돌고래를 보러 아마존에 가자. 그러니까 어서 일어나. 나에게 돌아와 줘.

작가의 말

지난 수년간 제 머리를 맴돌던 생각 중의 하나는 '너무 많은 노동자가 죽어 가고 있다'는 것이었습니다.

열악한 환경에서 일하다가 사고로 죽음을 맞기도 하고, 한 사람이 할 수 없을 만큼의 업무를 소화하다가 과로로 사망하기도 했습니다. 정신적인 고통을 이기지 못하고 스스로 죽음을 택하기도 했습니다. 그중에서도 직업 고등학교 학생들이 현장 실습 중에 사망했다는 소식은 감당할 수 없이 마음이 아팠습니다. 노동자로서의 첫발을 디딘 이들에게 대체 무슨 일이 벌어진 걸까요.

노동은 삶의 일부분입니다. 삶을 위해 노동을 하는 것입니다. 어떤 직종에서 어떤 일을 하든지, 노동을 하다가 죽임을 당하는 일은 없어야 합니다. 그것이 기본입니다.

이 글을 읽는 청소년 여러분도 노동자로 살아가게 될 것입니다. 언젠가 여러분이 일을 하게 되었을 때 인간답게 대우받지 못하는 상황에 처한다면, 버틸 수 없을 만큼 노동이 자신을 해치고 있다고 느낀다면, 모두 감당하려 들지 마세요. 항의하거나 도움을 청하세요. 그래도 안 되면 멈추세요. 그래도 괜찮습니다. 삶보다 소중한 건 없으니까요.

04

외두

지혜

2018년 경향신문 신춘문예에 단편 소설 「볼트」가 당선되며 작품 활동을 시작했다. 지은 책으로는 『사라지는 건 여자들 뿐이거든요』(공저), 『AnA Vol.01』(공저) 등이 있다.

그즈음 나의 꿈은 한 명 분의 제 몫을 해내는 어른이 되는 것이었다. 돈을 번다고 모두 어른이 되는 건 아니다. 그렇게 치면 나는 10년도 전에 어른이 다 됐다. 콜 센터에서 일하게 되면서 나는 어른이 되는 일에 한 발짝 더 가까워졌다고 생각했다. 얼마 지나지 않아 내 속은 물에 빠진 마분지 상자처럼 다 허물어졌다. 다행히 완전히 미치기 전에 빠져나왔지만 내가 받을 돈은 같이 나오지 못했다.

"율희 씨도 이제 우리 팀의 일원이니까 한 사람 몫을 다 해야지."

그렇게 말하던 팀장은 이제 내 전화를 차단한 것 같다. 745,000원. 2주 전 퇴사한 콜 센터에서 먹은 내 월급의 반.

그것만 생각하면 자다가도 배가 아팠다.

담임과 함께 작성한 계약서에는 월 180만 원, 세후라고 분명히 적혀 있었다. 3개월 수습 기간 동안 임금의 80퍼센트만 준다고 해도 오케이였다. 원래 그러면 안 되지만—그럼 안 하면 되는 거 아닌가?—경력 없는 실습생에게 이런 기회는 흔치 않다는 담임의 말을 믿었으니까. 혹시 내 잘못이었을까? 믿으라니까 믿은 것뿐인데. 게다가 경력이 없다니. 당장 아르바이트 경력만으로 어딘가 채용되어야 한다면 내가 전교에서 1순위일 것이다. 왜 등수는 매번 성적으로만 따져야 할까? 난 성적도 그리 나쁜 편이 아닌데. 하여간에 이런 식으로 사람을 등쳐 먹으면 정말이지 곤란하다. 이 상황에서 곤란한 건 나뿐인 것 같지만.

시외버스 터미널 사거리에서 외두 방면으로 3백 미터 떨어진 옛 은행 건물 뒤편에 새로 지은 빌딩. 노동청은 오피스텔 상가 두 층을 통째로 빌려 민원 창구를 운영한다고 했다. 수화기 너머 담당자는 평일 오후 5시 반까지는 와야 한다고 힘없는 목소리로 말했다.

"꼭 5시 반, 아니 5시까지는 오셔야 해요……."

이 사람도 하루 종일 전화 받는 일을 할까? 그래도 그는 나보다 나을 것 같았다. 아침 8시 반부터 밤 9시까지 사무실에 앉아 민원 전화를 받다 보면 미치지 않을 수 없다. 전화는 전화에서 끝나지 않고 매출로 이어져야 했다. 실습생인 나에게도 같은 기대가 적용된다는 걸 실습할 때는 몰랐다. 생각해 보면 나는 진짜 모르는 게 많았다.

터미널 근처 투썸플레이스에서 이래영을 만나 같이 가기로 했다. 약속 시간은 10시였지만 아마 11시쯤 올 것이다. 걘 어릴 때부터 그랬다. 세상의 시간이 아니라 자신만의 시계로 살아가는 사람. 어릴 적 할머니 집에서 지낼 때 아이들은 9시가 되면 불을 끄고 자야 했다. 래영은 새벽이 될 때까지 버티다가 다음 날 늦잠을 자곤 했다. 덕분에 나는 거의 혼자 아침을 먹었다. 두세 개의 짠지를 놓고 물에 만 밥을 먹으며, 늦게 일어나는 사람과 혼자 밥을 먹는 사람 중 누가 더 행복할지에 대해 생각하곤 했다. 그래도 나보다 할머니의 사랑을 더 받은 건 걔였다. 그땐 그게 좀 억울하고 섭섭했는데 이제는 아무렇지도 않다. 할머니가 돌아가시고 할머니 집을 누가 받느냐로 어른들이 싸울 때, 우리 집은 엄마와 아빠의 이혼으로 콩고물 비슷한 것도 얻지 못했다. 사실 이혼이 아니더라도 우리 가족에게 돌아오는 건 없었을 것이다. 할머니가 더 사랑한 건 래영네였으니까.

로열 밀크티 쉐이크를 시키고 창가 옆 테이블에 자리를 잡왔다. 아르바이트생은 잠이 덜 깬 표정으로 느릿느릿 블렌더에 얼음을 집어넣었다. 매장 안에 손님이라고는 나밖에 없었다. 설마 내가 첫 손님은 아니겠지. 커피숍에서 일할 때 첫 손님으로 그날의 운세를 점치곤 했다. 뜨아나 아아는 상, 녹차 라테나 아이스티는 중, 스무디나 생과일 주스면 하. 아침부터 블루베리 요거트 스무디를 주문하는 손님을 만나면 그날은 하루 종일 바빴다. 저 아르바이트생도 나에게서 오늘의 운세를 점칠까? 졸음이 묻은 얼굴로 일하는 모습이 예전의 나 같아서 아주 잠깐 측은한 마음이 들었다. 카페에서 일하는 건 그럭저럭 나쁘지 않다. 바쁠 때만 빼면 내가 원하는 음료를 마음대로 만들어 먹을 수도 있다. 예전에 일하던 곳은 대학 내에 세 군데의 매장이 있는 테이크아웃 커피 전문점이었다. 나는 그중 후문 앞 교양동 1층 매장에서 반년간 일했다. 사장은 말할 때 입꼬리 한쪽이 올라가는 아저씨였는데, 대기업 영업 팀 경력을 바탕으로 여러 사업체를 운영한다는 사실에 큰 자부심을 갖고 있었다. 식료품, 스낵, 주류, 제약 업계를 두루 돌며 스타트업을 했다는 얘기를 시작으로 툭하면 나에게 돈 버는 게 얼마나 재밌는지, 창업이 젊은이에게 얼마나 중요한지에 대해 오지랖인지 설교인지 모를 소리를 늘어놓곤 했다.

"율희야, 너 돈 버는 게 얼마나 어려운지 아니? 고등학생이니까 아직은 잘 모르겠지. 그래도 너처럼 졸업하고 바로 사회생활 하는 걸 다행으로 여겨. 하루라도 일찍 취직하고 월급 받는 게 진짜 좋은 일이야, 무시도 안 받고."

사장이 그럴 때마다 나는 그의 말에 괄호를 치고 싶었다.(돈 버는 게 힘들다는 거 충분히 잘 알고 있어요.) 나는 사장이 그렇게 으름장을 놓는 게 좋으면서도 싫었다. 그의 말마따나 남들—내 또래—보다 먼저 돈을 번 지 꽤 오래됐다는 사실이 좋으면서도 한편으로 '내가 혹시 잘못하고 있는 건가?' 싶기도 했다. 돈을 안 벌었으면 다른 걸 더 했을까?(공부라든가?) 그럼 더 행복했을까? 그래도 돈을 벌어 좋은 점이 더 많았다. 나는 엄마가 주는 용돈 외에도 주머니 사정이 넉넉한 편이다. 친구들과 놀러 갈 때 한 번도 돈 걱정을 해 본 적이 없다. 그러다 주로 내가 쏘는 분위기가 되곤 했지만. 3년째 착실하게 적금도 넣고 있다. 고등학교를 졸업하면 기념으로 나에게 선물을 해 줄 생각이다. 장기 여행을 가거나 블로그 마켓을 해 볼 수도 있겠지. 아니면 중고차 한 대를 살 수도 있을 것이다. 아반떼나 레이 같은 걸로. 그러면 어디든 갈 수 있을 것이다. 내가 원하는 곳 어디든지.

*

최초의 아르바이트는 초등학교 4학년 때, 엄마와 세 번째로 이사했을 때였다. 거리에서 동네 열쇠 집 전단지를 나눠 주는 일이었다. 나 말고도 같은 학교에 다니(지만 잘 모르)는 두어 명이 더 있었다. 우리는 각각 구역을 맡아 백여 장의 홍보 전단지를 행인들에게 나눠 줬다. 한나절이 넘게 전단지를 나눠 준 뒤 열쇠 집으로 돌아갔을 때 주인은 처음과 다르게 불친절한 말투로 트집을 잡았다.

"너네 전단지 다 몰래 버리고 온 거 아니니? 못 믿겠으니 돈은 절반만 준다."

자신이 볼 수 있게 열쇠 집 맞은편 도로에서 나눠 주라고 말한 게 누군데! 그때 각각 전단지 백여 장을 뿌리고 받기로 한 돈은 한 명당 25,000원. 백여 장을 뿌리는 데 여섯 시간쯤 걸렸으니 시간당 4,000원이 조금 넘는 금액이었다. 초등학생에게 그 정도면 나쁘지 않았지만 그걸 절반만 준다니. 시급으로 따지면 2천 얼마……. 나는 계산하길 포기하고 주인에게 따졌다.

"그렇게 애들 돈을 떼어먹고 싶으세요? 약속한 대로 주세요. 한 장도 허투루 뿌리지 않았어요."

적어도 나는 한 톨의 거짓도 없었다. 열쇠 집 전단지를 나눠 주기에 가장 적합한 곳은 어른들이 많이 다니는 길목이어야 할 것 같았다. 마침 도보로 20분쯤 떨어진 곳에 세무서가 있었다. 소방서, 은행, 병원 건물이 있는 사거리에서 한나절 동안 내 몫의 전단지를 다 나눠 줬다. 비록 눈앞에서 버리고 가는 사람이 있더라도 전단지들을 확실히 내 손에서 떠나보냈다. 조악한 광고 문구와 전화번호만 적힌 싸구려 종이였지만 사람들의 시선을 한순간이라도 붙잡았다면 성공한 거니까. 그 떳떳함을 절반 값으로 후려치는 열쇠 집 주인에게 내가 뭐라고 말해야 했을까?

생각해 보면 주변에는 언제나 일하는 사람 천지였다. 엄마, 아빠, 선생님, 이모, 삼촌, 고모, 고모부, 작은아빠, 작은엄마, 학원 선생님과 원장 선생님……. 그들 중 나에게 일하는 법을 가르쳐 준 사람은 없었다. 그들을 보며 어렴풋이 깨달았을 뿐. 외두동에 살던 때, 엄마는 새 직장에 적응하느라 아침 일찍 나가 밤늦게 들어오곤 했다. 식탁에 놓인 달력에는 엄마의 근무 일정이 빼곡하게 적혀 있었다. 데이 오어 나이트. 엄마는 결혼 전 조무사로 일하다 나를 낳은 뒤 전문대를 졸업하고 간호사가 됐다. 친가가 있는 외두동에서 산 이유도 그 때문이었다. 아무도 없는 집에 나 혼자 놔둘 순 없었으니까. 다행인지 불행인지 그곳에는 한 살 어린 고종사촌인 이래영이 있었다. 엄마는 래영이 나와 잘 놀아 줘서 다행이라고 했지만 사실 래영을 돌보는 건 거의 나였다. 래영의 부모님인 고모와 고모부 또한 할머니 댁에 래영을 맡기고 일을 나갔다. 졸지에 두 어린아이를 돌보게 된 할머니는 점점 성격이 나빠졌고, 식사 때를 제외하고 우리 둘은 동네를 쏘다니며 시간을 보내곤 했다.

이래영은 나보다 10개월 늦게 태어났는데 다섯 살은 더 어린 것 같았다. 한번은 둘이서 동네의 유일한 극장에 영화를 보러 간 적이 있다. 생긴 지 오래되지 않은 5층 건물 안에는 재래시장과 상가, 극장과 오락실, 정체를 알 수 없는 사무실이 층마다 자리 잡고 있었다. 지금으로 치면 멀티플렉스 극장이 있는 쇼핑센터라고나 할까. 극장이 있는 5층에 다다랐을 때 매표소의 어른이 말했다.

"보호자 없이는 안 된다."

미성년은 반드시 어른과 함께 와야 한다는 것이었다. 매표소 안의 목소리를 향해 이래영은 눈치도 없이 물었다.

"왜요? 왜 못 보는데요?"

나는 이래영의 손을 잡고 땀을 흘리며 극장을 빠져나왔다. 우리는 하릴없이 건물 안을 돌아다니며 시간을 보냈다. 나이가 지긋한 관리인이 뒷짐을 지고 우리에게 뭐라고 물었지만 우리는 금세 관심 둘 다른 곳을 찾았다. 불이 켜지지 않은 오전의 상가는 인적 없이 한적했다. 고요한 복도를 걸어가며 나는 혼잣말처럼 물었다.

"이런 건 얼마면 살까?"

대리석 모양으로 장식된 리놀륨 바닥에는 커다란 점 같은 얼룩이 군데군데 묻어 있었다. 이래영은 바닥에 눌어붙은 껌 자국을 발로 문지르며 말했다.

"글쎄, 한 10만 원?"

당시 이래영에게 가장 큰 돈의 단위는 10만 원이었다. 10만 원이 열 개면 집도 사고 차도 살 수 있는 줄 알았던 이래영…….(그게 사실이라면 얼마나 좋을까!) 어떤 돈의 단위는 상상만으로도 실제보다 큰 기쁨을 준다. 돈이 아니라 돈을 둘러싼 가능성이. 행복은 어쩌면 상상의 영역일지도 모르겠다. 나는 잠시 이래영을 말없이 바라보다 복도 끝을 향해 뛰어갔다.

그곳에는 문을 연 지 얼마 안 된 잡화점이 있었다. 우리는 잠시 망설이다 가게 안으로 들어갔다. 카운터에 앉은 여자가 눈을 커다랗게 뜨고 우리를 쳐다봤다. 여자는 들어오라는 말도 없이 우릴 보더니 고개를 돌려 카운터에 놓인 잡지를 들여다봤다. 여자의 그러한 태도는 어째선지 환대처럼 느껴졌다. 래영과 나는 조금 흥분해 작게 소리를 질렀다. 잠시 뒤 그가 우리를 빤히 보고 있다는 것도 알아채지 못했다.

어수선한 가게 안에는 드문드문 채워진 3단 철제 선반들과 평대가 놓여 있었다. 반지와 목걸이, 머리끈과 스카프가 종류별로 진열된 선반에서 우리는 눈을 떼지 못했다. 여자는 카운터 아래에 놓인 무언가를 보고 있었다. 희미하게 텔레비전 소리 비슷한 것이 들렸다. 래영이 바구니에 쌓인 플라스틱 반지를 몇 개 고르더니 나에게 내밀었다.

"뭐가 제일 예쁘게?"

"음, 이거?"

나는 은색 링에 동그란 녹색 큐빅이 달린 반지를 골랐다. 반지마다 다른 모양의 큐빅이 달려 있었다. 사실 반지는 아무래도 상관없었다. 래영이 내가 자신과 같은 반지를 선택하길, 같은 모양을 보며 예쁘다고 말하길 기다린다는 것을 알았지만 나는 래영이 원하는 대로 해 주고 싶진 않았다. 내가 궁금한 건 그런 게 아니었다. 가게 안의 반짝이는 조명과 물건, 미끈미끈한 흰색 바닥과 커다란 거울을 보며 저게 다 카운터에 앉아 있는 여자의 것인지 궁금했다. 저 사람은 주인일까, 직원일까? 그때 래영이 내 왼손 두 번째 손가락에 반지를 끼웠다.

"이게 제일 예뻐."

크기가 다른 세 종류의 붉은 큐빅이 꽃 모양으로 달린 반지였다. 터진 버찌같은 붉은 보석이 눈앞에서 반짝거렸다. 그건 너무 크고 무거웠지만 나는 반지 낀 손을 꼭 쥐었다. 그러자 반지가 정말 내 것처럼 느껴졌다. 그때 카운터에 앉은 여자가 물었다.

"너네 그거 살 거니?"

우리는 손에 낀 반지를 내려놓고 가게를 나왔다. 집으로 가는 내내 왠지 모르게 숨이 찼다. 카운터의 여자가 세 번 바뀔 동안 래영과 나는 용돈을 모아 몇 개의 반지와 머리핀을 샀다. 지금 그것들은 모두 어디에 있을까? 아마 너무 오랜 시간이 지나 엄마나 내가 무심코 버렸을지 모른다. 지나치게 반짝거리고 쓸모없이 아름다운 가짜 보석들. 그럼에도 그것들을 생각하면 마음이 풍족해졌다. 마치 그곳의 물건들 모두가 내 것이라도 된 것처럼. 어쩌면 나는 보석을 사는 사람이 아니라 보석을 파는 사람이 되고 싶었는지도 모르겠다. 카운터에 앉아 무턱대고 들어온 어린아이들을 보며 시간이 가는 걸 초조해하던 젊은 여자가 나이길, 내가 그곳의 주인이길 바랐던 것처럼.

*

이래영은 정확히 11시 5분 전에 도착했다. 양 볼이 벌겋게 상기된 걸 보니 버스에서 내려 뛰어온 게 분명했다.

"미안! 오래 기다렸어?"

늦는다고 연락이 왔을 때는 10시 반. 그때 나는 쉐이크를 반 정도 마시고 할 일이 없던 차였다. 래영이 늦을 줄 알고 미리 10시에 만나자고 말한 터였다.

"야, 시간 없어."

래영은 내 말을 한 귀로 흘리며 아이스 아메리카노와 샌드위치를 주문했다.(그럴 줄 알았다.) 래영은 웬만해서는 끼니를 거르지 않았다. 늦게 일어나면 밥을 차려 주지 않는다는 할머니의 말에도 꾸역꾸역 혼자 부엌에서 반찬과 밥을 꺼내 먹었다. 예전엔 그런 래영이 이해되지 않았다. 저럴 거면 그냥 일찍 일어나면 되는 거 아닌가? 게으르고 손이 느린 래영과 달리 나는 대체로 빠릿빠릿했고 할머니의 말이라면 뭐든 잘 지켰다. 밥 먹으라는 소리도 일찍 자라는 말도, 엄마가 올 때까지 기다리라는 말도 어서 너네 집으로 꺼지라는 말도. 그러나 밥그릇 위에 슬그머니 계란 프라이가 올라가는 사람은 내가 아니라 부은 눈을 껌뻑이며 물에 밥을 말고 있는 래영이었다. 래영이 아침잠에 빠져 있는 동안 혼자 먹던 밥상에는 한 번도 계란이나 햄 구이가 올라온 적이 없었다. 나는 그게 어렴풋이 엄마 때문이라고 생각했는데, 알고 보니 모두 아빠 때문이었다. 아빠의 보증을 선 할머니의 소심한 복수. 그래서 내가 지금도 햄과 계란을 잘 안 먹는다.

순식간에 샌드위치를 다 먹은 래영을 데리고 투썸을 나왔다. 11시 25분. 오피스텔 건물은 횡단보도 맞은편에 있었다. 래영은 투박한 등산화에 형광 주황색 바람막이 차림이었다. 그가 내 차림을 보더니 말했다.

"그렇게 입고 등산 갈 수 있겠어? 모기 물리면 어떡해."

래영은 자신과 함께 외두동에 가 달라고 했다. 지리 수행 평가라나 뭐라나. 계획대로 일이 풀리면 그럴 생각이었다. 점심 전에 잘 끝난다면. 나는 말없이 신호가 바뀌길 기다렸다.

나는 실습처를 노동청에 신고하기로 했다. 부당 임금 체불로. 아무에게도 그 사실을 말하지 않았는데 함께 온 사람이 래영이란 사실이 어이없고 웃겼다. 내가 가장 믿지 않지만 나를 제일 많이 아는 사람. 나를 구하지도 못할 거면서 저 멀리서 망치를 들고 해맑게 웃고 있는 나의 사촌. 어쩌면 이런 자리에 가장 어울리는 사람이 래영일지도 모른다는 생각이

들었다. 평생 싸움과는 거리를 두고 살아온 것 같지만, 지금 내 곁에는 형광 바람막이를 입은 래영뿐이었다.

민원실 안은 한적했다. 금요일 오전이라 사람이 많을 줄 알았는데 괜한 걱정이었다. 번호표를 뽑고 의자에 앉아 차례를 기다렸다. 래영이 두리번거리며 말했다.

"이런 데 처음 와."

나도 처음이었다. 가능하면 더 괜찮은 처음이었으면 좋았을 텐데. 실습처를 뛰쳐나온 뒤 가장 먼저 담임에게 전화를 걸었다. 내가 그 콜 센터에서 일하는 데 가장 큰 영향을 미친 사람이 바로 담임이었다. 담임은 다음 해에 다른 곳으로 발령이 나 학교를 옮길 예정이었다. 그에게 내 미래(실습이 다가 아니지만)를 맡겨야 할지 고민됐지만 그는 우선 해 보라고 말했다. 내가 뭘 잘할지는 알 수 없었다.

"선생님, 저 그만뒀어요."

퇴사하던 날, 6시가 되자마자 사무실을 나와 무작정 걸었다. 사무실에서 가장 먼 곳을 향해 가고 싶었다. 얼마 지나지 않아 가로수와 넓은 도로가 펼쳐진 공원 근처에 다다랐다. 수화기 너머에서 담임은 한참 동안 말이 없더니 한숨을 쉬고는 말했다.

"좀 더 참을 순 없었니?"

그때 나는 이 사람에게 뭔가 기대하는 건 이래영이 제시간에 나오길 바라는 것과 같다는 걸 깨달았다. 실습처에서 계약서를 쓰며 담임이 신신당부한 게 있었다. "적어도 '복교'는 하지 말아라." 복교는 실습생이 다시 학교로 돌아오는 것을 말한다. 실습처에 문제가 있거나 학생이 그만두거나 하는 이유로 복교한 학생은 다시 실습을 준비하거나 졸업을 기다렸다. 한번 돌아온 실습생이 다른 곳으로 가기는 배로 어려웠다. 어째선지 돌아온 학생에겐 실패자라는 낙인이 찍혔다. 그럼에도 나는 돌아가야 했다. 거기서 하루라도 더 있으면 미쳐 버릴 것 같았다. 미치는 것과 실패하는 것 중 무엇이 더 나쁠까? 적어도 나는 실패하는 걸 택했다. 그건 온전히 나만의 실패는 아니다. 나뿐만 아니라 내가 속한 학교와 회사, 모두의 실패일 테니까. 더 망하기 전에 빠져나왔으니 이만하면 잘했다고, 나에게 몇 번이고 말해야만 했다. 이게 끝이 아닐 테니까.

그만두겠다고 말하는 나에게 팀장은 곤란하다는 투로 얼렀다.

"율희 씨가 아직 어려서 모르나 본데."

그래, 나는 몰랐다. 팀장의 말마따나 아직 어려서 몰랐을 수도 있고 고등학생이라 몰랐을 수도 있다. 그게 내가 하루에 열 시간 동안 전화를 받으며 매출 압박을 받느라 화장실도 못 가고 민원인의 근거 없는 욕설을 들어야 하는 이유는 아니었다.

그날 열쇠 집 주인은 기어코 약속한 돈의 절반만 줬다. 억울한 마음에 콧물이 다 나오도록 울었지만 부모님 전화번호를 말하라는 소리에 나를 포함한 네 명의 아이는 지폐를 손에 쥐고 집으로 돌아갔다. 그날 이후 나는 일할 때 새겨야 할 진실 하나를 알았다. 돈을 버는 것도 중요하지만 어디서 버느냐도 중요하다는 것. 그렇다면 어디서 어떻게 돈을 벌어야 할까? 누구에게서 돈을 벌어야 할까? 그게 내가 고등학교를 졸업하자마자, 아니 고등학교에서부터 일하고자 한 이유였다.

매장에 수북이 쌓인 전단지를 나눠 줄 때만 해도 주인은 어린 학생들이 기특하다며 미에로화이바 한 병씩을 나눠 줬다. 그때 마신 음료수 한 병 값도 시급에 포함돼 있었던 걸까? 시간이 흘러 계약서와 주휴 수당, 노동법 등에 대해 어렴풋이 알게 되었지만 알바비를 떼이거나 어리다고 무시당하는 등의 일은 사라지지 않았다. 이제는 그러고 싶지 않았다. 더는 혼자서 속상한 건 싫었다. 엄마는 혼자서 다 감당하지 말라고 했지만, 억울한 표정을 짓고 있는다고 해서 누가 도와주는 건 아니라는 걸 나는 일찍이 알게 되었다. 아마 열쇠 집 이후, 아니 그보다 더 일찍.

"어떤 일로 오셨어요?"

테이블 너머 담당자는 눈 밑이 거뭇하게 패어 피곤이 턱까지 내려온 얼굴이었다. 나는 실습할 때 작성한 계약서를 내밀며 말했다.

"실습 나간 회사에서 월급을 다 안 줬어요. 회사는 이번 달에 그만뒀구요."

"자진 퇴사인가요?"

그 말에 나는 잠시 고민했다. 자진해서 한 건 맞는데 자진하고 싶었던 건 아니었다. 내가 그곳을 잘 다녔던가? 일이 그렇게 많은 곳은 처음이었다. 아침 9시까지 출근이었지만 눈치껏 8시까지 도착해야 했고, 6시 퇴근 이후에도 사무실에 남아 잔업을 했다. 업무 전화를 받거나 문서 작업을 하는 건 오히려 쉬웠다. 어려운 건 오직 사람들, 그 사무실을 둘러싼 모든 분위기였다. 학교에서 정식으로 계약하고 실습하러 간 자리라고 해서 이전에 일하던 곳들과 크게 다를 건 없었다. 눈치껏 내 자리를 만들어야 했던 건 똑같았다. 그러나 내 눈치만으로 버티기에 그곳의 자리는 너무 버겁고 위험했다. 나는 나를 지켜야 했다. 나에게 주어진 몫을 기꺼이 챙겨야 했다. 그리고 그건 누가 어디서도 제대로 가르쳐 준 적 없는 나만의 고유한 영역이었다.

"그건 맞는데……. 부당 임금 체불 아닌가요?"

"월급을 안 준 건 아니라는 말씀이시죠?"

"네. 원래 계약서대로 들어왔는데 이번 달엔 865,000원만 들어왔어요. 출근 일수는 똑같았는데요."

"음……. 확인을 해 봐야겠네요."

담당자는 계약서와 모니터를 번갈아 들여다보며 키보드를 두드렸다. 그사이에 민원 전화를 받고 옆자리 직원의 질문도 받았다. 나는 맞은편에 앉아 그가 하는 일들을 지켜봤다. 바쁘고 분주하고 피곤해 보였다. 저 자리를 바라는 취준생들도 있겠지. 일이라면 뭐든지 감사하게 기다릴 사람들도 있을 것이다. 나도 마찬가지다. 학교로 돌아가 다시 어딘가로 들어갈 준비를 해야 하는데, 그곳이 대체 어딜까? 나는 지금 어디서 잘못 발을 들였을까? 문득 공무원 준비를 하는 행정 세무반 아이들이 떠올랐다. 나도 그 애들을 따라 일찍 고시를 준비했으면 무언가 달라졌을까? 지금처럼 돈을 떼먹히지 않고 기분 좋게 퇴사할 수 있었을까?

잠시 뒤 테이블 너머 담당자가 서류 한 장을 내밀었다. 임금이 체불됐다는 내용을 적는 진정서였다.

"이걸 쓰면 어떻게 되나요?"

"저희 조정관이 사업장과 근로자에게 각각 사실 관계를 확인해요."

"그다음은요?"

"합의를 하거나, 계속 조사를 하지요."

그건 너무 큰일이 아닌가? 합의에서 끝났으면 좋겠다. 빈칸으로 가득한 진정서를 받아 들자 그제야 실감이 났다. 내가 너무 일을 크게 만들려는 게 아닐까, 담임 말대로 내가 참아야 했나? 아니 근데 씨발, 왜 돈을 안 주느냐고.

빈칸을 차근히 채웠다.

진정인: 이율희.

피진정인: 케이유콜.(사장 이름을 모르는데요.)

진정 내용: 진정인은 지난 4월 입사하여 3개월 동안 근무하였으나…….

그래서? 월급을 안 줘서 여기서 이러고 있어요,라고 적고 싶었다. '피치 못할 사정으로'라고 적어야 하나? '사업장의 무리한 매출 압박으로'라고 솔직하게 적어야 하나? 진정서 하나 적는 게 이렇게 피땀 나는 일이라는 걸 누가 알려 줬었다면. 내가 볼펜만 쥔 채 끙끙거리자 담당자가 힘없는 목소리로 말했다. 그는 아침도 먹지 못한 게 분명했다.

"사실 관계만 적으세요."

사실. 나는 곰곰이 생각하다 '약속한 월급의 절반만 받음.' 이라고 적었다. 훨씬 나은 것 같았다. 담당자가 진정서를 받아 들고 몇 차례 검토하더니 복사기 앞으로 갔다. 나는 어딘가 후련한 마음에 의자 등받이에 등을 기댔다. 그때 래영이 다가와 휴대 전화를 내밀었다.

"너 문자."

대기 의자에 앉아 있던 래영이 말했다.

"전화 계속 왔어. 받아 줄까?"

나는 말없이 고개를 저으며 휴대 전화를 확인했다. 몇 개의 부재중 통화와 문자가 와 있었다. 메시지함을 열어 새로 온 문자를 보는 순간 정신이 번쩍 들었다.

– [Web 발신] 케이유콜. 740,000원 입금.

나는 휴대 전화 액정과 진정서를 번갈아 바라보다 담당자를 향해 고개를 들었다. 담당자는 복사를 끝내고 자리로 돌아와 다른 서류들과 진정서를 한 파일에 넣고 있었다.

"저기……."

이건 또 뭐라고 말해야 해.

"아직 접수 된 건 아니죠?"

내 물음에 담당자가 말없이 고개를 들더니 아주 느리게 끄덕였다.

"접수, 하실 건가요?"

그는 무슨 일에도 준비가 된 사람 같았다. 나는 말없이 고개를 저었다.

잠시 뒤 래영과 사무실을 나왔다. 엘리베이터 앞에서 래영이 잘된 거냐고 물었다. 나는 말없이 고개를 끄덕였다. 원하는 대로 일이 풀렸는데 어딘가 석연찮았다. 갑자기 왜? 팀장은 내 메시지를 그렇게 무시하더니 이런 식으로 일을 해결하는 사람이었나 보다. 말없이, 속 터지게, 자기 혼자만. 결국 돈을 받았으니 된 건가. 휴대 전화에는 익숙한 번호로 문자가 와 있었다. 담임이었다.

— 율희야, 선생님이 센터랑 잘 말해서 밀린 거 다 정산해 달라고 했다.

너도 너무 나쁘게 생각하지 말고 마음 잘 추스르고 다음 주에 학교에서 보자.

우리 좋은 기회를 더 기다려 보자.

*

외두에 도착하려면 시외버스로 한 시간, 다시 시내버스로 30분쯤 더 가야 했다. 버스에서 내린 뒤 래영은 걷자고 했다. 새것처럼 보이는 등산화에 형광 주황색 바람막이를 입은 래영은 1킬로미터 밖에서도 보일 만큼 눈에 띄었다. 형광등이 따로 없네. 문득 조난을 당해도 래영만 있으면 되겠다는 생각이 들었다. 아니, 래영이 아니라 래영의 옷만 있으면 되려나?

"그럼 잘된 거 아니야?"

래영이 돌아보며 물었다. 외두로 가는 버스에서 나는 내내 심란했다. 담임의 문자가 머릿속에 맴돌았다. 우리 좋은 기회를 더 기다려 보자. 좋은 기회, 그런 게 뭘까? 난 좋은 기회를 놓쳐 버린 걸까? 담임 말대로 내가 더 참았어야 했을까? 옆자리에 앉은 래영이 쉴 새 없이 종알대는데도 하나도 대꾸할 힘이 없었다.

"그래서 사람이 밥을 잘 먹어야 해."

래영이 가방에서 삼각김밥을 꺼내 내밀었다. 산에 올라가서 먹으려고 했다고, 음료수와 생수도 주섬주섬 꺼내더니 내 무릎에 올려놨다. 나는 잠시간 우울한 눈으로 그것들을 바라보다가 힘겹게 입을 열었다.

"나 참치마요만 먹어."

래영이 꺼낸 건 비빔밥 맛 삼각김밥이었다.

나는 내가 잘하려고 한 게 뭔지 영영 알 수 없게 된 것 같았다. 3학년이 되면 으레 학교에서 정한 몇 군데의 실습처 중 하나를 골라 들어가야 했다. 취업으로 이어지길 바라지만 아니어도 경력이 남으니 좋았다. 그러나 경력도 취업도 남지 않으면 어떻게 되지? 나는 지난 3개월 동안의 경험이 내 경력이라는 생각이 들지 않았다. 그건 경력이 아니라 상처였다. 굳이 배울 필요 없는 모험. 3개월 동안 내가 들은 욕설과 자괴감, 불면을 보상받으려면 월급만으론 부족했다. 잘못 들어왔다는 판단, 잘못 들어섰어도 괜찮다는 격려, 그런 게 필요했다.

"그래도 넌 돈 벌잖아. 부자잖아."

나는 말없이 래영을 쳐다봤다. 그래, 너보다 부자지. 그래도 너네 집보단 부자 아닐걸. 나는 그 말을 속으로 삼켰다. 엄마가 내 적금 통장을 보면 뭐라고 할까? 독립할 돈 굳었다고 좋아할까?(엄마가 나에게 그런 걸 바라는지는 잘 모르겠지만.) 혹은 남들처럼 시집이나 가라고 할까?(엄마…….) 그게 내가 남들보다 힘들어도 된다는 말은 아니다. 모든 걸 감수하면서까지 부자가 되는 걸 바란 적은 결코 없었다.

"아직도 극장이 있을까?"

외두 시내가 보이자 래영이 반갑게 물었다. 버스 정류장 근처는 한적했다. 좁다란 2차선 도로 양쪽으로 한 사람이 겨우 지나다닐 만한 비포장도로가 나 있었다. 오랜만에 온 외두는 예전과 비슷하기도 하고 다르게 보이기도 했다. 내가 떠난 뒤 래영네는 시내의 신축 아파트에 당첨되어 이사 갔다. 그 뒤 우리가 같은 동네에 산 적은 없었다.

우리는 한 줄로 나란히 걸으며 시덥잖은 얘길 나눴다.

"난 내가 여기서 계속 살 줄 알았어."

"난 아닌데."

"넌 계속 떠나고 싶어 했으니까."

"내가?"

래영이 나를 보며 고개를 끄덕였다. 가끔 제법 핵심을 찌를 때가 있다니까. 그걸 어떻게 알았지. 나는 이곳에 있는 내내 줄곧 떠나고만 싶었다. 어디로 가고 싶은지도 모르면서, 이곳이 아닌 어딘가. 마치, 자우림 노래 가사처럼. 여기가 아닌 언젠가. 내가 더 행복할 수 있는 곳이 분명히 있을 거라고 믿었다. 나는 순식간에 머릿속이 복잡해져 적당한 대답을 고르지 못했다.

"잘됐잖아, 그래도. 잘 갔어."

누구에게 하는 소리인지 모를 말을 중얼대며 래영이 앞으로 걸어갔다.

"이쪽이 맞아?"

"몰라."

"네가 모르면 어떡해."

눈앞에서 형광 주황색 후드가 펄럭였다. 나는 자리에 멈춰 숨을 골랐다. 산에 오른 것도 아닌데 호흡이 가빠 왔다. 눈앞의 이래영을 탓하면 뭐가 나아질까? 사실 그를 믿고 덜컥 따라 나온 나 자신을 탓하고 싶었다.

외두봉 입구에 다다랐을 때는 오후 3시가 넘은 시각이었다. 아침에 마신 쉐이크 한 잔이 전부였던 터라 무척 배가 고팠다. 나와 달리 래영은 시간이 지날수록 힘이 나는 듯 팔팔해 보였다.

"우리 여기 올라가는 거야?"

말이 봉이지 그곳은 완만한 경사가 이어지는 길고 긴 둘레길이었다. 다 돌아보려면 몇 시간이 걸릴지 알 수 없었다. 나는 뱃가죽이 등에 붙었다는 소리가 절로 나올 만큼 배가 고파 한 발자국도 옮길 수 없었다.

"나 너무 배가 고파."

"이따가 밥 먹자. 마라샹궈 먹고 싶다."

"여기 마라탕 집이 있어?"

래영이 주저앉은 날 일으키며 말했다.

"있을걸. 아마도."

슬슬 짜증이 났지만 눈앞의 오솔길은 무척 아름다웠다. 사방이 나뭇잎 모양의 보석으로 둘러싸인 것처럼 반짝거렸다. 오후의 해가 나무에 가려 수만 가지의 빛 조각으로 쪼개졌다. 나는 팔짱을 낀 래영에게 기대 걸음을 옮기며 말했다.

"삼각김밥 좀 줘 봐."

혼잣말처럼 다독이는 래영의 목소리가 귓가에서 잘게 부서졌다. 그 소리를 듣자 문득 외두에 온 게 실감이 났다. 멀리서 새가 지저귀고 있었다. 벌레일지도 몰랐다.

"다들 몰라도 잘만 가. 우리도 마찬가지야."

* 참고 자료
– 허환주, 『열여덟, 일터로 나가다 - 현장실습생 이야기』, 후마니타스, 2019.
– 허태준, 『교복 위에 작업복을 입었다 - 경계의 시간, 이름 없는 시절의 이야기』, 호밀밭, 2020.
– 〈특성화고 학생들이 정부에 따질 수밖에 없는 이유〉, 유튜브 채널 '씨리얼', 2020. 11. 28. (https://youtu.be/2RpPUkHQPwk)

작가의 말

최초의 노동 이후 나는 언제까지 일을 할 수 있을지, 혹은 언제까지 일을 하지 않을 수 있을지 자주 생각했다. 일을 하며 깎인 나의 일부가 톱밥처럼 쌓여 갈 때면 내가 잃은 것이 나의 일부인지 시간인지 헷갈리곤 했다. 외두로 가는 두 사람의 이야기는 그런 순간에 떠올랐다. 더 나은 미래를 생각하는 한 사람과 오로지 고민뿐인 다른 사람의 이야기. 외두는 어릴 적 현장 학습으로 방문했던 기생 화산에서 착안했다. 시간에 맞춰 돌아가는 관공서나 회사의 세계와 달리 외두는 이쪽과 저쪽, 어제와 오늘의 긴장을 무위하게 만든 채 오롯이 그 자리에 존재했다. 외두라는 지명에서 외로움이나 변두리, 홀로 존재하는 무언가에 대한 느낌을 받았다면 그것대로 탁

월한 해석일지도 모른다. 그러나 나는 래영과 율희가 오랜만에 만나 외두로 간다는 사실이 중요했다. 웃지 못할 일을 겪어도 율희에게 삼각김밥을 건네주는 래영처럼 외두에서 그들이 너무 비장해지지 않길 바랐다. 율희와 비슷한 고충을 겪는 이가 있다면 혼자서 감당하지 말라고, 멈추는 게 실패나 포기가 절대 아니라고 말하고 싶다.(혹은 실패나 포기가 생각보다 비극이 아니라는 것도.) 한 사람의 몫을 해내는 데 그리 대단한 결심은 필요 없다고, 지금 당장 방법이 없어 보일지라도 눈앞의 길이 영 틀린 건 아니라고. 당신이 가려는 그 길이 너무 고단한 여정이 아니기를, 언젠가 머물렀거나 당도할 외두에서 당신도 래영을 만나기를 바라고 또 바라며.

05

N분의 1을 위하여

박하령

2010년 「난 삐뚤어질 테다!」가 KBS 미니시리즈 공모전에 당선되며 작품 활동을 시작했다. 2014년 『의자 뺏기』로 제5회 살림 청소년 문학상 대상을, 2016년 『반드시 다시 돌아온다』로 제10회 비룡소 블루픽션상을 수상했다. 지은 책으로는 소설집 『숏컷』, 『나의 스파링 파트너』, 장편 소설 『나는 파괴되지 않아』, 『발버둥치다』 등이 있다.

문제는 돈이다. 돈이 없으니까 할 수 있는 게 아무것도 없다. 따라서 생활은 아주 단순해졌다. 그냥 집에 갇혀 있는 일밖에 할 게 없으니까. 입속에 넣을 군것질거리도 없어 입마저 심심하다. 물론 휴대 전화 속엔 눈요기할 것들이 오색찬란하게 널려 있다. 하지만 그걸 보고 있으면 마음까지 더 헛헛해진다. SNS에 올라온 사진들이 내겐 다 돈 자랑처럼 여겨져 아니꼬운 마음에 전화기는 진작부터 보지 않았다. 창밖으로 부산스럽게 지나다니는 오토바이의 소리까지도 다 음식 배달인 것만 같아 괜히 야속해진다.

방바닥에 누운 채로 눈동자만 돌려 벽시계를 보니 3시 48분이다. 머리 감고 대충 차려입고 전철 환승 시간만 요령

껏 줄이면 얼마든지 늦지 않게 갈 수 있다. 하기야 모여 노는 일인데 좀 늦은들 어떠랴. 먼젓번에 다음 동창 모임에 꼭 나오라고 내게 신신당부하던 석균이의 서늘한 눈빛이 떠오른다. 쌍꺼풀도 없이 그린 듯이 큰 그 애의 눈이 보기 좋았다. 그 생각을 하면 마음이 몽글몽글해진다. 뭔지 모를 알갱이가 내 맘에 그리움처럼 쌓여 약간 아프다. 물론 석균이를 상대로 그리움 운운할 일은 아직 아니다. 초등학교 때 회장으로 단상 위에 올라간 그 애를 먼발치서 본 뒤로 최근에 겨우 딸랑 한 번 본 사이니까. 그냥 석균이를 포함해서 초등학교 시절 아이들을 만나 마구잡이로 떠들어대는 그 시간이 너무 좋았다. 어릴 적에 알고 지냈다는 이유 하나만으로 마음의 빗장이 열려 쉽게 무장 해제되는 기분이 드는 게 신기할 정도였다. 그래서 정말 모임에 가고 싶은데 갈 수 없는 이 상황이 힘들고 또 그래서 그리움도 통증으로 와닿는 것이리라.

문제는 역시 돈이다. 내겐 회비가 없다. 그 자리에서 먹는 밥값 술값만 N분의 1을 하면 1, 2만 원이면 될 걸, 규식이가 굳이 나서서 5만 원씩 걷어서 나머지는 공금으로 모아 두자는 고약한 아이디어를 내는 바람에 참가비의 단위가 커졌다. 나름 의도는 좋았다. 그래야 본전 생각들이 나서 참여 의식이 투철해진다며, 이제 막 시작하는 동창 모임이니 초기 멤버

들이 기반을 쌓는 의도도 있다고 했다. 발상은 좋다. 하지만 문제는 지금 내겐 돈이 없다. 5만 원, 아니 먼젓번에 기경이가 대신 내준 5만 원까지 합치면 10만 원이 있어야 한다. 내겐 너무 큰 액수다. 언니는 내가 보낸 SOS 카톡을 아예 읽지조차 않았다. 숫자 1이 지워졌다 한들 큰 기대를 할 건 아니지만 말이다. 지난번에도 언니가 그랬다.

"뭐? 꿔 달라고? 회수 불가인 게 뻔한데 뭘 꿔 달라고 해, 차라리 그냥 내놓으라고 협박을 하지. 근데 어쩌냐? 난 삥 뜯길 돈은 없어. 삥 뜯기기엔 내 돈이 너무 애절해."

말인즉슨 회수가 가능하면 꿔 줄 의향은 있다는 소리다. 문제는 나한테 있다. 갚을 능력이 없다는 것. 언니는 출근 준비로 새벽 화장을 할 때면 이불 속에서 눈을 껌뻑기리고 있는 거울 속 나를 향해 팔을 휘두르며 외치곤 했다.

"벌어야 쓴다."

언니가 산 로션이 확확 줄어드는 게 짜증도 나서였겠지만 그보다는 언니로서 백수 동생이 애처로워 답답한 맘 반, 비난하는 맘 반을 섞은 구호를 외치는 거다. 하지만 백수인 게 오롯이 내 책임만은 아니라고 생각한다. 왜? 나도 노력했으니까. 내 자신만 자책하고 있을 일은 아니란 소리다.

나도 벌려고, 말 그대로 자생하려는 의지로 일찍이 내 친구들이 다 가는 일반 고등학교 말고 특성화 고등학교로 갔다. 애들한테는 '우리 사회 학력 버블의 문제점'을 거창하게 떠들어대고 '꿈을 위한 최단 거리'를 찾아가는 거라고 했다. 실제로 난 남들과 다른 선택을 한 것에 자부심이 있었다. 아니, 자부심이라도 있어야 견딜 것 같아서 나 자신에게 자부를 세뇌시켰다. 솔직히 나도 내 친구들처럼 특별한 선택 없이 대다수가 우루루 몰려가는 그 길을 가고 싶었다. 그게 가능한 상황이면 그랬겠지만, 집집마다 상황이 다 다르니까 그럴 수 없었다. 엄마 없이 혼자서 힘들게 두 딸을 키운 아빠에게 더 애써서 나를 대학까지 보내 줘야 한다고 떼쓸 배포가 내겐 없었다. 더욱이 혼자 지방에서 정화조 영업을 하던 아빠가 건축 경기 침체로 이젠 끝이 보인다고 하소연을 하는데, 대학 이야기는 입도 뗄 형편이 아니었다. 나보다 훨씬 공부를 잘했던 언니도 순순히 조리 고등학교를 나와 한식 기술자로 일하면서 삶을 통째로 껴안는데, 공부에 큰 취미도 없는 내가 할 말은 더더욱 아니었다.

그래서 생각을 고쳐먹었다. 입속까지 들어와 있는 현실이라 어차피 뱉어 낼 수도 없는데 기왕이면 맛깔나게, 그럴싸하게 삼켜야겠다고. '피할 수 없으면 즐겨라'라는 말을 머리에 담고, 일부러 찾아보지 않아도 자주 뉴스에 나오는 대졸 실업자들의 숫자를 또렷이 외우면서 미용 관련 아티스트가 되어보겠다는 꿈을 야무지게 다졌다. 이과 대학을 다니다가 적성에 안 맞아 관두고 뒤늦게 헤어 아티스트가 되기 위해 캐나다로 유학을 갔다는 반 아이의 사촌 언니 이야기를 듣고 속으로 코웃음을 치기도 했다. 고등학교 3년에 대학 2년 그리고 유학 가서 쓰는 시간, 그 많은 시간과 돈을 투자해서 돌아 돌아서 가는 그 길을 나는 최소화해서 최단 거리로, 그것도 최소 비용으로 간다면 그게 더 합리적인 일이라고, 그게 5백 배는 남는 장사라고 생각했다. 그리고 대학 문턱에 발을 넣기 위해 새벽 등교서부터 깊은 밤까지 학업에 시달리는 친구들을 보면서, 또 그 애들이 푸는 어미어마하고도 난해한 문제집의 내용을 훑어보면서 어쩌면 내가 약은 선택을 한 걸지도 모른다는 회심의 미소도 지었다. 마치 뒷걸음질을 하다 엉겁결에 쥐를 잡은 소처럼, 현실 때문에 부득이하게 간 길이긴 하나 최후의 승리자가 된 나를 상상하며 스스로를 북돋았다.

하지만 고3이 되면서 현실 속에 이상한 조짐이 보였다. 보통 8월이나 10월이면 하나둘씩 취업 나가기 시작해서 교실이 텅 비어야 하는데 12월이 되도록 다들 학교에 옹기종기 모여 있었다. 코로나 19 불황으로 실습생을 받겠다는 작업장이 대폭 줄었기 때문이다. 그러다 보니 불안한 마음에 관심도 없는 대학과 전공에 원서를 닥치는 대로 쓰는 애들이 늘어났는데 그런 애들은 그나마 집에 경제적 여력이 있는 경우이고, 나머지는 서로를 '예실아'라고 부르며 자조적인 농담을 하면서 시간을 견뎠다. 예실이는 예비 실업자의 준말이다.

당황스러웠다. 떠밀리듯이 졸업을 하면서 학교 취업 상담실에 이야기를 해 봤지만 뾰족한 대안은 없었다. 헤어 디자이너라는 명함이라도 가지려면 프랜차이즈 헤어 숍에서 2년 정도는 스태프 생활을 해야 하는데 문이 좁아 쉽지 않았다. 그렇게 난 정해진 수순처럼 실업자가 되었다. 입시나 취업 또는 창업에 관한 컨설팅을 해 준다는 전문 미용 학원으로 가는 애들이 많았는데, 그건 당장 학원비가 들 뿐만 아니라 희망을 유예해 주는 중간 기착지에 불과한 것 같아 난 회의적이었다. 아이돌 머리나 만져 볼까 하고 미용과 왔다가 박 터지는 동네라며 관두고 바리스타 준비 중인 학교 친구 유란이도 대놓고 반대를 했다.

"한두 푼도 아닌데 괜히 학원 장사만 시켜 주는 뻘짓은 하지 마!"

하지만 그럼에도 불구하고 그 길을 통해 알음알음 취직을 하거나 실습생으로 가는 애들을 볼 때면 내가 잘못 생각한 건 아닐까 싶기도 했다. 게다가 내가 낮은 시급에도 감지덕지하며 알바를 하고 있을 때 대학에 다니는 중학교 동창 애는 과외 알바로 몇 배의 시급을 받는다는 말을 듣고 나서는 언니가 평상시 자주 하던 말이 틀렸단 생각이 들었다. '벌어야 쓴다'가 아니라 '써야 벌 수 있다'가 맞는다. 마중물처럼 말이다. 어릴 적에 외할머니 집 마당에 펌프가 있었다. 펌프질을 하면 찌꺽찌꺽 소리를 내다가 땅속의 물을 길어 올려서는 '쏴' 하고 시원하게 뱉어 냈는데, 그때 펌프질을 하기 전에 반드시 한 바가지 정도 마중물을 부어야 했다. 물을 끌어 올리기 위해 붓는 물, 마중물. 그것처럼 써야 벌 수 있고, 그래야 비로소 온전한 밥벌이를 할 수 있단 생각에 이르렀다. 그래서 주말에 아빠가 왔을 때 저녁 식사 중에 '내겐 투자가 필요하다'며 마중물 이야기를 비유로 들어 심혈을 기울여 말했다. 하지만 아빠는 초점을 획 돌렸다. 외할머니 집을 외삼촌이 혼자 홀랑 꿀꺽한 건 정말 양심 없는 짓이라며 "죽고 없는 딸은 딸이 아냐?" 하면서 핏대를 올리는 바람에, 그다음 이야기는 할 수 없었다. 내 표현력이 부족한 건 줄 알았는데 언니가 설거지를 하면서 "더 이상의 투자는 무리야. 오죽하면 아빠가 말을 돌리겠냐?"라고 하는 걸 보니 그건 아닌 것 같았다. 아무튼 이렇게 난 벌기 위해 백방으로 애썼다. 다만 현실이 협조를 안 하는 것일 뿐, 내 잘못만은 아니다.

"에휴! 너도 청춘인데 갑갑하것다. 톡으로 보낼게."

톡을 본 언니가 전화를 했기에 머뭇거리다 기대치 없이 말했는데 웬일로 선뜻 돈을 보내왔다. 말 서두에 땅이 내리 꺼지게 내쉬던 '에휴!' 소리가 짜증은 났지만 참았다. 얼마가 필요하냐기에 5만 원이라고 답했다. 그 이상의 액수는 무리이기도 하고 꾼 돈 이야기까지 했다가는 '야야 가지 마!'라고 할 게 뻔했다. '돈 꿔 가면서 놀 게 뭐가 있어?' 이럴 테니까. 나 역시 이렇게까지 가야 하나? 회의가 들긴 했다. 하지만 노는 게 아니라 사회생활이라고 속으로 합리화했다. 초등 동창들은 나와 다른 길을 가는 애들이 많았다. 주로 대학을 다니고 있었지만, 고등학교만 졸업하고 인디 밴드 활동이나 프리랜서 타투 디자이너를 하는 애도 있고, 일찍이 고등학교를 중퇴하고 창업을 한 애도 있었다. 각기 다른 길을 가는 이런저런 애들을 만나 보는 것도 인생 공부란 그럴싸한 명분이 나를 이끌었다. 언니가 보내 준 돈 5만 원에 힘입어 잰 동작으로 욕실로 들어가 머리를 적셨다. 온수가 나오기 전의 찬물을 손바닥으로 찰방거리며 혼잣말을 했다.

"그래, 이 만남도 마중물의 일종이지. 또 알아? 알바 자리라도 소개 받을지?"

누군가 인간관계도 재산이라고 했던 게 기억이 났다.

전철역으로 뛰면서 나머지 5만 원 때문에 머릿속이 약간 분주했지만, 사실 내겐 이미 계획이 있었다. 언니에게 5만 원이라고 입을 떼는 그 순간에 계획이 휙 떠올랐다. 기경이가 이번에 참석 안 할 수도 있고, 설사 왔다 해도 깜빡했다면서 주말에 용돈을 받아 보내 주면 되니까. 먼젓번에 계좌를 달라니까 쿨 하게 "뭐, 다음에 줘." 하던 그 애의 모습이 위로가 된다. 어찌 되었건 오늘 치를 내는 것만으로도 빈손으로 덜렁거리며 나타나는 철면피는 아닌 게 되니까 그걸로 족하다. 일단 '오늘은 오늘의 불안 끄는 거야.' 하면서. 그래서 기경이가 오늘 참석 못 하길 은근 바랐다.

하지만 민속 주점 같은 분위기의 퓨전 이자카야의 룸으로 들어섰을 때 내 눈에 제일 먼저 띈 건 그런지룩 차림의 이기경이었다. 본능적으로 그 애가 앉은 반대편 쪽으로 가려는데 기경이가 굳이 손을 쳐들고 흔들었다.

"주희야, 여기 빈자리 있어."

자리에 앉으려는데 동민이란 남자애가 내 기분을 띄웠다. 방바닥을 뒹굴며 괴로워했던 하루치의 우울을 싹 날려 버릴 만한 말이었다.

“헤어 스타일리스트라더니…… 역시 힙 해!”

그랬다. 옷은 꾸안꾸 콘셉트로 무심하게 티셔츠에 청바지만 입었지만 머리는 언밸런스로 드라이를 해서 날렸다. 유튜브 참고 영상을 보고 여러 번 가발에 실습을 한 보람이 있었다. 그러자 뒤이어 혜연이가 배경지식을 알려 주듯 말했다.

“서주희가 초등학교 때 한 인기 했잖아! 5학년 때 우리 반 반장 나승범이 주희 엄청 따라다녔는데……. 얘가 어찌나 도도하게 굴던지. 참! 승범이 페북 보니까 걔 미국서 명문대 다니더라?”

그 순간 난 알았다. 내가 왜 이 모임에 그토록 오고 싶었는지를. 난 에너지 충전이 필요했던 거다. 이곳에 오면 내 인생의 가장 화려했던 시간으로 복귀하는 기분이 들었다. 초등학교 때는 내게 부족한 게 없었다. 엄마도 있었고, 그땐 공부도 잘했고, 혜연이 말대로 인기도 절정이었으니까. 그때 기경이가 말을 보탰다.

“그래, 주희 쟤가 초딩 때부터 유난히 여성성이 튀었지.”

아닌 게 아니라 난 다른 여자애들보다 성장 속도가 빨라서 유난히 잘록한 허리에 늘씬한 다리를 가졌었다. 안락한 유년의 뜰 안에서 미래가 마냥 밝고 환할 거라고 턱없이 믿었던 그 시절로 되돌아간 듯한 기분은 정말 달달했다. 아이들은 너 나 할 것 없이 기억 속 이야기를 소환해 냈고 그러다 보니 그 시절의 위치대로 관계가 자연스럽게 배열되곤 했다. 지금이야 어떻든 그때의 회장을 회장이라 부르고 말썽쟁이 기철을 땡깡이라 부르고 내게도 주희짱이란 그때의 별명으로 부르곤 했다. 현재 따위야 아무 상관이 없었다. 아니, 현재조차도 과거의 영광에 가려 재편집되었고 덕분에 난 잠시나마 아이들에게 군림할 수 있었다. 무리에서 우월한 느낌을 갖는 것, 그건 충분히 매혹적이었다. 그래서 얘기 끝에 누군가가 내게 왜 대학을 안 갔느냐고 물었을 때 난 주눅 들지 않고 거침없이 내 직업관을 이야기할 수 있었다.

"되고 싶은 게 분명해서 굳이 돌아갈 필요가 없었어. 사회경제적 비용의 낭비니까."

그러자 여기저기서 남자애들이 내 말에 동조했다.

"하긴 요샌 가방끈이 길어서 되레 취직 못 하는 경우도 많으니까."

"학자금 대출 그것도 문제야. 쓸 데도 없는 졸업장 따는 데 마구잡이로 빚내 줘서 결국 고학력 빚쟁이만 배출하잖아?"

"그러니까. 고졸 일자리를 나라에서 제도적으로 딱 세팅해 주고 월급도 보장하고, 대학은 필요한 놈만 가게 해야지."

내 편을 들 작정을 해서가 아니라, 그냥 일반적인 의견이었건만 기경이가 말을 비틀었다.

"니들 뭐 헌정사라도 바치냐? 괜히 학력 버블이겠어? 학력에 따른 임금 격차가 크니까 너 나 할 것 없이 가는 거잖아. 덜 투자했으니 덜 버는 건 당연한 거 아냐? 만약 그렇게 안 되면 그거야말로 진짜 불평등 아니니? 박 터지게 공부한 애들이랑 안 하고 논 애들이랑 똑같음 뭐가 돼? 안 그래? 니들은 왜 기 써서 대학 갔어?"

기경이의 다그치는 듯한 말에 다들 '그거야 뭐'란 표정만 우물쭈물 지어대다 자연스럽게 다른 화제로 넘어갔다. 난 불편했다. '박 터지게 공부한 애들'의 반대편에 내가 있단 전제하에 마치 해야 할 시기에 뭔가를 하지 않고 놀기만 한 걸로 매도당하는 게 억울했다. 난 다른 길을 간 거지 아무것도 안 하는 길을 간 게 아닌데 말이다. 또 '헌정사'란 표현도 거슬려 기경에게 한껏 마음의 날을 세웠지만, 그 날을 휘두를 기회도 없었거니와 무엇보다도 엄두가 안 났다. 아이들은 이상하리만치 기경에게 넘치게 호의적이었고, 심지어 몇몇 여자애들은 굽실대는 것처럼 보였다. 기경의 말 끝자락에 펭귄 박수를 쳐대는 그 묘한 기류의 원인이 뭘까를 짚어 봤더니 그건 바로 기경이의 카리스마 넘치는 언변 때문이었다. 물론 기경이가 명문대를 다닌다는 점도 한몫하는 건 분명했다. 대부분의 아이들이 잡담으로 일관하는 것과 달리 기경이는 사회 문제를 거론하기도 했고, 심지어 아이들의 시시껄렁한 잡담에도 이면의 심리까지 분석하고 촌철살인을 날리는 기예를 펼쳤다. 살아생전 들어 본 적도 없는 외국 학자들의 이름까지 거론하면서 말이다. 전체를 총괄하는 기경이의 현학적인 분위기에 다들 압도되는 그 기류를 읽어 낸 뒤로는 나도 모르게 의기소침해졌다.

하지만 술이 한두 잔씩 들어가고 분위기가 무르익자 우린 언제 그랬느냐는 듯이 화기애애해졌다. 복권에 당첨되듯 종친회 장학금이란 걸 타게 되었다는 기철이가 한턱내겠다고 해서 자리를 옮기려고 일어설 때였다. 총무가 회비를 걷기 시작했고 내가 당당하게 회비를 내려는데 기경이가 말했다.

"주희야, 내 거까지 내."

난 손으로 입을 가리며 눈을 동그랗게 뜬 채 말했다.

"아! 맞다!"

"뭐야? 설마, 까먹은 거?"

"어쩌지?"

기경의 한쪽 입이 약간 실그러진 채로 말했다.

"거의 한 달이 다 돼 가는데……."

한 달이란 기간을 꼭 짚자 창피한 마음에 내 귀는 빨갛게 달아올랐다.

"앙, 진짜 쏘리! 깜빡했어. 낼 줄게."

그러자 듣고 있던 동민이가 끼어들었다.

"뭐, 귀까지 빨개지냐? 내가 대신 내 줄게."

그러곤 호탕하게 바로 그 자리에서 돈을 꺼내 휘리릭 총무에게 건넸다.

"동민아, 고마웡. 바로 갚을게."

"됐어."

그런데 기경이가 뒤돌아서며 혼잣말인 척, 그러나 절대 혼잣말일 수 없게, 다 들리게 말했다.

"오바는! 하여간에 주희짱 그놈의 여성성."

갑자기 얼음물이 내 머리 위에 끼얹어진 기분이 들었다. 물론 깜빡한 게 아니라 깜빡한 척하느라 내가 오버액션을 한 건 사실이다. 그게 기경이에게 읽혔으리라. 그러니 '오바'란 말은 내가 기꺼이 접수한다. 하지만 '그놈의 여성성'이라니? '여성성'이란 말이 이상하게 불건전하게 들려서 기분이 안 좋았다. 게다가 아까 기경이 말한 초딩 시절의 여성성이 이것과 같은 맥락이었나 싶어지니 더더욱 불쾌해졌다. 어릴 적에 '주희짱'으로 불리던 그 자부심 가득한 이름 속에 불건전

함이 들어 있었던 거야? 나의 과거마저 송두리째 부정당하는 기분이었다. 하지만 어느 대목을 꼭 짚어 어떤 식으로 따져야 할지 몰랐다. 귀만 빨개진 채 얼레벌레 아이들을 따라 자리를 옮겼다. 분위기는 여전히 화기애애했고 나 역시 최선을 다해 즐겼지만 마음 한구석은 영 개운치 않았다. 마치 더러운 옷을 입고 있는 듯한 기분인데 딱히 어디쯤에 어떤 얼룩이 묻은 건지 전혀 모르겠는 그런 애매한 상태랄까?

하지만 택배 아저씨 전화를 받느라 밖에 잠깐 나갔다 오다가 알게 되었다. 복도를 따라 긴 통로를 걸어 들어오는데 여자 화장실 안쪽에서 소리가 들려왔다. 익히 아는 목소리들의 대화. 안 듣고 싶었지만 얇은 가벽이 원망스러워질 만큼 또렷이 잘 들렸다.

"요새 계좌 이체 어플 안 쓰는 사람도 있어? 구질구질하고 거지같이……. 걔 뭐냐?"

"그러게. 콧소리 작렬! 웃음으로 때우던데? 미소는 뭐 하러 홀려?"

"여자인 걸 그렇게 써먹는 거야?"

"머리를 쓰지 않고 머리를 만지는 기술로 사는 애라 그런가?"

"그러게. 얘가 그놈의 여성성이란 말을 괜히 했겠어? 외모

가꾸는 데만 혈안이 된 머리 빈 애들 진짜 극혐! 하긴 쟤가 뭐 탈코르셋 개념을 알겠니? 고졸, 대졸을 괜히 구분 짓는 게 아니야."

복도에 박힌 듯 멈춰 선 나는 귀로는 아이들의 이야기를 들으면서 눈으론 맞은편 화덕 피자 집 주방에서 땀 흘리며 피자 도우를 휘휘 돌리는 주방장의 기교에 가까운 손놀림을 바라보았다. 시간과 노력이 빚어낸 그 유려한 손놀림을 보면서, 가위질로 순식간에 근사한 커트를 쳐 내던 미용과 선배의 모습이 연상되었다. 그리고 주방 안 둥그런 화덕에 빼곡하게 올려진 저 벽돌들을 쌓아 올렸을 누군가의 애씀과 외출 전에 거울 앞에서 드라이를 하면서 나의 잰 손기술에 스스로 만족해했던 그 순간까지 떠올리며 혼자 읊조렸다.

"이 세상에 능력은 한 가지만 있는 게 아닌데……."

책을 읽고 배워 근사한 말로 깊이 있는 생각을 전하는 기경이의 능력과 나 같은 헤어 기술자들이 애써 익히고 훈련을 통해 머리를 잘 만지게 된 능력과 저 요리사의 조리 능력, 집을 쌓아 올린 건축가들의 능력이 모두 다 마찬가지 능력인데 왜 서열이 매겨진 걸까? 각각의 능력일 뿐인데 왜 거기에 서열을 정하고 차등을 두는 거지? 그리고 타고난 성 고유의 특성을 왜 여성성이란 이름으로 폄하하는 거지? 난 미의 전도사로서 삶의 질을 고양시키는 일종의 예술을 하는 거라고, 궁극적으로는 헤어 디자이너가 되겠다며 내 일에 나름 자부심을 가졌는데, 왜 내 생업을 저런 식으로 한순간에 추락시키고 내 값어치를 매기고 있는 거지? 탈코르셋은 사회가 주입한 여성 억압의 도구가 된 꾸밈 노동에 갇히지 말자는 일종의 슬로건인 거지, 인간이 본능적으로 갖고 있는 미에 대한 추구 자체를 없애고 비하하자는 게 아닌 걸 쟤들은 모르는 걸까?

안에서 떠들고 있는 아이들의 이름과 얼굴을 하나하나 떠올리며 사적인 분노가 끓어야 할 것 같은 순간이었지만 이상하게 그러지 않았다. 그건 그다지 중요한 일이 아닌 것 같았다. 그보다는 저들과 나 사이를 구분 짓는 오래된 편견의 거대한 틀이 더 무겁게 와닿았다. 분노조차 뒤로 밀리게 하는 엄중하고도 근원적인 두려움. 저들은 내가 아는 이들의 일부에 불과하지만, 투표가 끝난 뒤 한 출구 조사의 결과가 결국은 맞아떨어지듯이 저들의 생각이 곧 많은 이의 생각일 거라 여겨지니 새삼 두려웠다. 무지막지한 편견의 벽 앞에 선 기분이었다. 언젠가 취업 나간 선배 언니가 같은 헤어 디자이너인데도 고졸자를 하대하는 숍 매니저들의 태도에 분개하며 "더러워서 대학 간다."라고 했던 말이 떠올랐다.

물론 이 일은 제때 돈을 갚지 못한 나의 잘못된 행동에서 시작되었지만, 내 행동에 대한 단죄의 틀에 편견의 보자기가 씌워져 급기야 개인의 특성까지도 비난받는 지경이 돼 버렸다. 심지어 선의의 미소조차도 불순한 의도와 줄 긋기로 엮다니……. 난 잠시 고민했다. 밖에서 다 들었다면서 들어가 조목조목 따져 묻는 게 맞는 일일까? 아니면 그냥 못 들은 척하고 나머지 시간을 견디다 집으로 가는 게 맞는 걸까? 그때 마침 밖에서 담배를 피우고 들어오던 동민이가 "주희짱, 여기서 뭐 해? 들어가자앙." 하며 나를 안으로 밀었다. 동민이의 호의 섞인 친교의 콧소리가 이젠 편하게 들리지 않았다. 주희짱이란 호칭도 더렵혀진 기분이고. 그런데도 느닷없이 집으로 쌩하고 가는 그런 분위기 깨는 캐릭터는 되고 싶지 않아 나머지 시간을 견뎠다. 그리고 귀가가 자연스러워질 무렵 일어나 나왔다. 동민이의 계좌 번호를 받아 들고.

집에 돌아와 씻고 누웠다. 모처럼의 외출에 몸은 피곤했고 마음은 대차게 한 대 맞은 것처럼 얼얼해서 울고 싶었지만 돈까지 꿔 준 언니 때문에 애써 참았다. 하지만 애쓰는 내가 다 보인 건지 언니는 거울 속으로 계속 힐끗대다 다짜고짜 와서 종주먹을 댄다.

"야! 야! 뭔 일인데?"

난 망설였다. 꾼 돈 이야기를 빼고 말하면 전후 맥락이 안 닿을 테고, 그 이야기를 하면 대번에 '그러게, 넌 왜 돈을 꾸고 다녀서…….'로 시작되는 욕을 배 터지게 먹을 게 뻔하니까. 하지만 입을 다물고 있자니 안에서 설움이 밀려왔다. 떼로 몰려다니는 설움은 더 큰 화를 불러올지도 모른다. 이 문제와 상관없는 내 신세 한탄으로 번질 수도 있으니까. '사실은 나도 얼마든지 대학에 갈 수 있었는데…….' 이런 푸념이 늘어질까 봐. 난 차라리 언니에게 욕먹을 각오를 하고 지난 회비 이야기까지 포함해서 여자애들이 화장실에서 내 뒷담화를 한 이야기를 전했다. 그런데 언니의 반응은 의외였다.

"난 또 뭐라고."

그러곤 아무렇지 않게 화장대로 다시 가 로션만 발랐다. 왜 욕먹고 다니느냐고 혼쭐을 내는 것도 아니고, 그렇다고 우쭈쭈 하며 연민 어린 위로를 건네는 것도 아닌, 너무나 맹숭맹숭한 말투인 게 황당해서 나오려던 눈물은 물론이고 내 안에 고인 설움들마저 싹 다 기화되는 기분이었다. 언니는 거울 속으로 벙 찐 나와 눈을 맞추며 말했다.

"흔한 년들이야."

"뭐?"

"걔들 말야, 현실 속에 있는 흔하고 뻔한 캐릭터들이라구.

현실 직시했구나 해. 있다고 잘난 척하는 인간들처럼, 더 배웠으니 재고 싶은 거지. 걔들 입장에선 너가 얄미운데 물고 늘어질 게 그거잖아. 잰 고졸 주제에……. 이거겠지. 누구나 자기가 가진 걸 들고 흔들기 마련이거든. 뭐, 어쩌면 당연한 일일 수도 있어."

흔하고 뻔한 것까지야 그렇다 치지만, 동생 일에 어떻게 저렇게 감정 이입 하나 없이 당연하다는 말을 하는 건지 정말 섭섭했다.

"뭐가 당연해? 왜 고졸 주제야?"

"내 말은 개인이 느끼는 호불호까지 어떻게 막겠느냐는 소리야. 다시 말하지만 고졸 주제라서 호불호를 들이댄 게 아니라, 남자애가 회비를 대신 내 준다니까 거슬리던 참에 너가 고졸인 게 딱 집어 흔들기 좋아서 그런 거란 소리야. 글고 뒤에서야 뭔 소리를 못 하겠나 싶기도 하고……."

"그런 편견이 학력 버블을 만드는 거잖아. 대체 그게 왜 당연하다는 거야?"

"편견이 나쁘지 않다는 게 아니야. 말 그대로 치우친 건데 뭐가 좋겠어? 그런데 어떻게 안 그럴 수 있느냔 거야. 하지 말라고 안 하겠어? 그건 개탄할 일이지 문제의 초점은 아니지. 개인이 가지는 혐오나 폭력을 뭐랄 게 아니라, 거기에 어떻게 대처하느냐가 더 중요하단 거야. 물론 사회 구조가 바뀌는 게 최우선인데, 그거야 너 개인이 할 수도 없고 단시간에 되는 것도 아니니까, 이 대목에서는 네가 그런 애들한테 휘둘리지 않는 게 먼저란 이야기를 해 주고 싶네."

속으론 '잘났어.'라고 내뱉고 싶었지만 참았다.

"뭔 소리야? 나보고 정신 승리법이라도 쓰라는 거야? 언니는 왜 걔들을 싸고돌아?"

"싸고돌긴. 좋아, 쉽게 말해 줄게. 그래, 걔네들 나쁜 애들이야. 그런데 여기서 중요한 건 너가 멍청한 애가 안 되는 게 더 핵심이란 거지. 멸시당하는 게 싫다고 더러워서 대학 가야지 하고 자기혐오에 빠진 채로 가면 저들과 똑같이 된다는 거야. 너가 너 자신을 해치지 않고, 자기 존중감을 갖고, 중심 있게 사회인으로서 N분의 1을 제대로 하는, 니 몫의 밥벌이를 하는 게 먼저란 이야기야. 그 나머지는 다 부수적인 거니까 그딴 편견에 휘둘리지 말라고."

"됐어! 결국…… 그 소리네. 얼른 돈 벌란 소리. 길게 돌려 말할 게 뭐 있어? 그냥, 넌 돈 벌 궁리나 하지 어딜 싸돌아댕기니? 이럴 것이지……. 누군 안 벌고 싶어서 안 벌어?"

나는 벌컥 짜증을 내면서 방문을 쾅 닫고 나왔다. 짜증은 냈지만 베란다 창문을 열고 찬바람을 호되게 맞으면서 서서히 머리가 맑아졌다. 서툰 분노 아래 침착하게 가라앉아 있는 알갱이들을 보면서 언니가 궁극적으로 하고자 하는 이야기가 뭔지 잘 알 것 같았다. 무언가를 배우려고가 아니라 더러워서, 오로지 아이들의 저런 턱없는 편견에 진저리가 나서, 단지 낙오되지 않겠단 생각으로 무조건 대학을 가거나 또는 현실적으로 갈 수 없음에 대해 울분을 갖고 산다면 그건 내 자신을 해치는 일이 될 거다. 편견의 파도가 무섭다고 힘내서 그 길을 관통하지 못한다면 난 내내 소용돌이 속에서 어지러운 춤을 추게 되겠지. 멈추지 못하는 춤에 내 발이 까지는 것도 모른 채 그렇게 한평생을 살 수는 없는 거잖아?

내겐 그런 경험이 있다. 중학교 때, 그 당시 너 나 할 것 없이 경쟁하듯 사 신던 메이커 운동화 때문에 한동안 애를 끓였던 적이 있었다. 수진이와 나 그리고 미소 이렇게 셋이 막 친해지던 즈음이었는데, 중간고사가 끝나면 그 운동화를 살 거라며 미소와 수진이가 자랑하는 걸 들었다. 미소와 수진이 둘이서만 그 운동화를 신게 되면 난 자연스럽게 그들 사이에서 밀려날 거란 위기의식에 운동화를 사는 일이 내겐 절체절명의 과제가 되었다. 그래서 시험 준비보다도 돈을 구하는 일에 열중했다. 하지만 알량한 내 돼지 저금통을 박살 내는 일로는 꿈도 꿀 수 없는 금액이었기에 결국 난 거의 왕래도 없는 외삼촌에게 학원비를 잃어버렸다고 울먹이며 구걸해 운동화를 사 신었다. 그런데 월요일 날, 정작 수진과 미소는 컬러풀한 보세 운동화를 하나씩 신고는 내 운동화를 보며 오히려 정색을 했다.

"남들이 산다고 학생이 그런 고가품을 줏대 없이 막 사는 건 옳지 않은 거 같애."

물론 나를 골탕 먹일 생각에서 한 행동은 아니었다. 걔들이 하는 이야기를 앞뒤로 대충 맞춰 보면 부모님에게 설득당해 울며 겨자 먹기 식으로 생각을 바꾼 모양이었다. 나 역시 얼굴이 약간 빨개지는 걸 감수하면서 그 애들의 말에 서둘러 동의했다. 어차피 서로 합의된 비굴이었으니까.

"맞아, 나도 그렇게 생각하는데 아빠가 사 줘서……."

어찌 되었건 결과적으로 난 황당해졌다. 수진이와 미소에게 환영받지 못하는 터라 학교에도 못 신고 가고, 또 집에서는 언니에게 들킬까 봐 숨겨 놔야 하는 처치 곤란이 된 그 메이커 운동화를 볼 때마다 복잡한 감정에 휘둘렸다. 별로 갖고 싶었던 것도 아닌 것에 자존심까지 팔아 가며 돈을 구걸했던 내 자신에 대한 모멸감, 아빠를 욕먹인 불효를 서슴지 않은 것에 대한 수치심, 불안한 나의 현실 등등. 나란 아이에 대해 이런저런 생각을 오래 했다. 그러면서 서서히 무작정 휩

쓸리지 말아야 한다는 사고의 단초를 막연하게나마 그때 내 안에 심었던 것 같다.

언니와 이야기를 한 뒤여선지 생각은 두서없이 엉키지 않고 내 안에 명징하게 자리 잡았다. 위장에 탈이 나 봐야 내 위가 몸속 어디쯤 있는지 통증으로 인해 비로소 그 위치를 정확하게 알게 되듯이, 오늘 맞은 펀치는 아프고 시리지만 나를 알 수 있는 좋은 계기가 되었다. 한 방에 나가떨어지지도 질질 짜지도 않았으며 내 안에 비굴과 분노도 심지 않은 기특한 나를 보게 된 건 크나큰 수확이다. 앞으로도 휘둘리지 않고 내 삶에 건강한 뿌리를 내릴 밥벌이를 위해, 또 나를 지켜 내기 위해 N분의 1의 역할을 찾아 나서리라.

마침, 동창 모임 단체 톡에 오늘 찍은 사진들이 거품처럼 부걱대며 올라왔다. 모두들 흥겹게, 사이좋게 나름의 포즈로 어우러져 있다. 모임 후반에 찍은 사진인데도 나 역시 환하게 웃고 있다. 내 모습이 대견하다. 뒤이어 '반가웠네, 좋았네, 역시 초딩 친구야' 등등의 덕담이 올라온다. 나도 '굿!'이라고 엄지를 올리는 이모티콘을 날린다. 모임의 일원으로서, 그들의 일이 아닌, 내 일로서의 N분의 1의 역할을 해 본다.

하지만 한편으론 아쉬움이 든다. 인디언 속담 중에 '문제를 피하는 건 잡초를 내버려 두는 것과 같다.'는 말이 있던

데, 그냥 애들 이야기를 못 들은 척하고 말 게 아니라, 자분자분 내 생각을 말했어야 하는 건 아니었을까? 편견의 벽을 향해 실하고 단단한 짱돌 하나를 던져 살팍한 금이라도 한번 가게 했어야 하는 건 아닐까? 그게 역사에 보탬이 되는 무언가가 아니었을까? 살면서 내가 역사에 획을 긋는 엄청난 일을 할 수는 없겠지만, 옳은 쪽으로 세상이 바뀌는 데 1만큼의 무언가를 할 수 있었던 건 아닐까? 그것 역시 내 몫의 'N분의 1' 중의 한 파트는 아니었을까? 하는 아쉬움 말이다.

작가의 말

특성화 고등학교 설립 취지와 달리 현실에서는 그들이 설 자리가 여의치 않다. 게다가 팬데믹 시대가 도래하면서 더더욱 열악한 현실에 내몰리는 터다. 하지만 현실의 고됨 못지않게 그들의 마음을 아프게 베는 것은 사회의 편견과 차별이다. '다른 길'로 간 것이 아니라 못해서, 혹은 안 해서 간 길로 일반화시키고, 머리 쓰는 일을 우위로 두면서 비난의 잣대를 대는 것은 부당하다. 그러다 보니 청년의 70퍼센트가 뭘 배우려고가 아니라 단지 낙오되지 않기 위해 대학이란 깔대기로 무분별하게 모이는 학력 버블의 악순환이 계속된다. 더 배웠다고 혹은 더 가졌다고 고개를 뻗대고 재는 거야 그 사람의 인성 문제이니 어쩌지 못하지만, 우리 사회에는 각자에게 맞는 재능이 직업이 되어 즐겁게 일하고 먹고살 수 있는 사회 구조가 형성되어야 한다. 그러기까지 우리 모두는 N분의 1만큼의 온전한 가치관에 뿌리를 내리고 꿋꿋이 서야 한다. 가치관이란 남들과의 비교로부터 그 사람을 해방시키고 그가 나아갈 길을 안내한다. 그러니 나부터라도 하자.

06
휴일

최진영

2006년 『실천문학』 신인상을 수상하며 작품 활동을 시작했다. 한겨레문학상과 만해문학상, 백신애문학상, 신동엽문학상 등을 수상했다. 지은 책으로는 소설집 『일주일』, 『겨울방학』, 『팽이』, 경장편 소설 『이제야 언니에게』, 『구의 증명』, 장편 소설 『당신 옆을 스쳐간 그 소녀의 이름은』, 『내가 되는 꿈』, 『해가 지는 곳으로』, 『나는 왜 죽지 않았는가』, 『끝나지 않는 노래』 등이 있다.

이번에는 같이 가지 않겠느냐고 큰 기대 없이 물었는데, 그 말을 기다렸다는 듯 윤은 알겠어, 대답하며 자리에서 일어났다. 의자에 걸려 있던 책가방 지퍼를 열면서 무엇을 챙겨야 하느냐고 윤이 물었다.

따로 챙길 건 없어. 그냥 인사하러 가는 건데, 뭘.

아, 그래.

윤은 가방에서 손을 떼고 서랍장을 열었다.

근데 네가 보여 주고 싶은 거 있으면 가져가도 되고.

윤이 나를 돌아봤다. 무슨 뜻이냐고 묻는 눈빛이었다.

그냥, 드라마나 영화에서 본 것처럼……. 있잖아, 그런 거.

언니는 가져갈 거 있어?

나는 고개를 저었다. 잠옷을 벗으며 윤이 물었다.

반바지 입어도 돼?

너 좋을 대로 해.

모자는? 모자 쓰고 가도 돼?

맘대로 해.

근데 모자 쓰면 예의 아니라고 들었거든. 영화 같은 거 봐도 모자 벗던데.

그건 예의도 예의지만 얼굴을 더 자세히 보여 주려고 벗는 거 아닐까.

아무튼 예의는 아니라는 거잖아.

밖에 햇볕 장난 아니야. 모자 쓰고 가. 가서 마음에 걸리면 벗든가.

윤이 예의라는 말을 꺼내서 조금 놀랐다. 윤은 예의를 차릴 마음이 있구나. 이제는 그런 마음이 생겼구나. 윤의 외출 준비를 기다리며 문단속을 하고 가스 밸브를 점검했다. 윤은 흰색 반바지에 검은색 반팔 티셔츠를 입고 모자를 쓴 채 방에서 나왔다. 예의를 챙긴다는 마음으로 검은색과 흰색 옷을 찾아 입은 걸까? 작은 크로스백에 무엇을 챙겼을지는 알 수 없었다. 현관문을 열고 집을 나서는데 윤이 물었다.

언니는 모자 안 써?

난 필요 없어.

나보고는 쓰랬잖아.

네가 먼저 쓰겠다고 했잖아.

햇볕 장난 아니라며.

머리 눌리는 거 싫어.

나보고는 쓰라고 해 놓고.

아, 네가 쓰겠다고 한 거잖아!

모자는 일할 때 쓰는 것만으로도 충분하다. 쉬는 날에는 머리카락과 이마에게 자유를 주고 싶다. 아파트 공용 현관을 나서자 뙤약볕이 쨍쨍했다. 버스 정류장으로 걸어가며 윤이 물었다.

얼마나 걸리지?

두 시간 반 정도.

그렇게 멀어? 전엔 금방 갔던 거 같은데?

그땐 자동차 타고 갔으니까. 오늘은 버스 갈아타면서 빙빙 돌아서 가야 되고.

……짜증 나.

그럼 지금이라도 집으로 돌아가라고 말하려다가 참았다. 윤에게 '짜증 나'는 그저…… 침 넘기는 소리 같은 거 아닐까?

근데 꽃은? 꽃 사 가야 되는 거 아니야?

윤이 물었다. 역시 '짜증 나'는 별 의미 없는 말이었던 거다. 손에 묻은 물처럼 금세 증발해 버릴 감정.

거기 매점에서 조화 살 수 있어.

난 조화 싫어. 가짜 꽃이잖아.

생화는 금방 시들잖아. 쓰레기가 될 거야.

그렇게 치면 조화는 쓰레기 아니야? 결국 다 쓰레기지.

티격태격 말을 주고받으며 정류장에 도착했다. 7번 버스가 사거리에서 신호를 받고 서 있었다. 도로를 향해 서너 발자국 다가서자 윤도 나를 따라 도로에 바투 섰다. 나는 뒷걸음하며 위험하니까 뒤로 오라고 윤을 끌어당겼다. 윤은 순순히 내 말을 들었다. 정류장 쪽으로 빠르게 다가오던 7번 버스는 우리 앞에 서지 않고 지나쳐 갔다. 우리가 위험을 무릅쓰고 도로에 바짝 붙어 서지 않아서겠지. 기사가 사이드 미러로 우리를 보면 버스를 세우지 않을까 싶어서 쫓아가며 손을 들었다. 버스는 전속력으로 멀어졌다. 아! 짜증 나! 윤이 소리를 질렀다. 이번에는 진짜 짜증이 가득 담긴 목소리였다. 20분 뒤에 다음 버스가 도착한다는 안내가 전광판에 떴다. 근처 편의점에 가서 아이스크림이라도 사 먹자고 윤에게 말했다. 윤이 앞장서 걸었다.

위험을 무릅쓰고 도로에 바짝 다가서지 않아서 우리는 20분을 잃었다. 만약 도로에 바짝 다가섰다가 몸이 기우뚱해서 사고를 당한다면 그건 우리 잘못이겠지. 정류장에 정차하지 않고 지나가 버린 버스 기사는 잘못이 없나? 예전에 같은 경험을 하고 버스 회사에 항의 전화를 했다. 그때 전화를 받은 사람이 말했다. 명확하게 승차 의사를 밝히는 게 좋다고. 버스가 정류장에 반드시 정차해야 하는 거 아니냐고 나는 따졌다. 그건 비효율적이라고 상대는 대꾸했다. 시간적인 면에서도 에너지를 생각해서도 탑승자가 명확하게 의사를 밝히는 편이 모두에게 효율적이라고 했다. 정말 이상한 것에다가 효율을 갖다 붙인다고 생각하면서 나는 재차 따졌다. 그럼 몸이 불편한 사람이나 어린아이는 어떡하느냐고. 도로에 바짝 붙어 서서 손을 흔들다가 다치면 버스 회사에서 책임질 거냐고. 상대는 내게 물었다. 당신이 그런 경우냐, 당신 몸이 불편한 거냐, 당신이 어린애냐, 어린애도 아니면서 왜 그런 걸 걱정하느냐, 일어나지도 않은 일을 왜 거론하느냐. 깔보고 비아냥거리는 목소리였다. 중년 남자가 항의 전화를 했더라도 똑같이 대꾸할까 궁금했다. 덩치 큰 남자가 버스 정류장에 서 있었더라도 버스 기사가 정차하지 않고 지나쳤을

까도 궁금했다. 나는 정말로 그런 게 궁금했다.

버스가 나를 태우지 않고 지나가도 나는 할 수 있는 게 없다. 버스 회사에 항의를 해도 소용없고 경찰에 신고할 수도 없다. 다음 버스를 기다릴 수밖에 없다. 다음 버스가 나타나면 도로 가까이 다가가 손을 흔들면서 제발 나를 태우고 가라고 애원해야만 한다. 그래야 버스를 타고 내가 가고자 하는 곳으로 갈 수 있다. 다음 버스도 나를 그냥 지나치면? 그럼 또 다음 버스를 기다리거나 걸어가야겠지. 시간이 촉박하면 택시를 타야겠지. 계획에도 없는 지출이 발생하는 것이다. 버스가 정류장에 서지 않아서 늦었다는 내 말을 듣고 과장님은 타이르듯 말했다.

그럼 택시라도 잡아탔어야지. 그렇게 융통성이 없어서 어쩌니. 지각했다고 뭐라 하는 게 아니야. 지각하지 않기 위해 어떤 노력을 했느냐가 중요한 거야.

나는 고개를 숙인 채 죄송하다고 대답했다. 그날 점심시간 끝날 무렵 은성 언니가 나를 옥상으로 불렀다. 손바닥만 한 그늘에 쪼그려 앉아서 언니는 내게 수박 스무디를 건넸다. 나는 수박 스무디를 받아 들고 언니 옆에 쪼그려 앉았다. 언니는 아이스 아메리카노를 마시면서 자기 휴대 전화를 꺼내 녹음 파일을 틀었다. 과장님 목소리가 흘러나왔다.

속이 뻔히 보이는 거짓말을 눈 한번 깜빡하지 않고 뻔뻔하게 하더라니까. 야, 근데 핑계는 진짜 참신하더라. 버스가 안 섰다는 게 말이 되니? 늦게까지 술 마시고 놀다가 늦잠 잔 거야. 요즘 애들 뻔하지. 대학에서 힘들게 취업 준비하고 들어온 애들이랑 고졸들은 근성 자체가 달라. 홀에서 알바 뛰는 선주 알지? 걔도 전에 한 시간 넘게 지각한 적 있거든. 근데 걔는 변명을 안 하는 거야. 왜 늦었느냐고 물어봐도 죄송하다고, 무슨 일이 있었든지 자기 사정이니까 할 말이 없다고, 다음부터는 이런 일 없을 거라고 담담하게 말하는데 내가 괜히 울컥하더라고. 어린애가 속이 깊구나, 생활비 벌면서 학점 따고 취업 준비까지 하느라고 고생이 참 많겠다 싶고. 언젠가 걔가 지나가면서 하는 말이 학자금 대출이 벌써 천만 원을 넘어섰다는 거야. 졸업하고 취업하는 순간부터 두고두고 갚아야 하는데 자기 친구들도 다 비슷한 상황이어서 괜찮다고, 그런 말을 웃으면서 하더라고. 애가 힘든 티를 안 내는데 그것도 참 짠해. 선주에 비하면 경이 어려울 게 뭐 있니? 걔는 달리 준비하는 것도 없지 않아? 야간 대학이라도 다니든가. 아직 나이도 어린데 너무 나태한 거지.

언니가 재생 정지 버튼을 눌렀다. 언니의 플라스틱 컵에는 얼음만 남아 있었다. 나는 수박 스무디를 한 모금도 마시지 못했다. 나는 수박을 싫어한다. 수박의 비린 맛이 너무 역해서 먹지 않는다. 나는 언니에게 말한 적이 있다. 언니, 저 수박 못 먹어요. 먹으면 토할 것 같아요. 언니는 내 말을 기억하지 못하는 것 같았다. 사람들이 대부분 수박을 좋아하니까, 나도 수박을 좋아할 거라고 생각하는 것 같았다. 그러니까 언니는 나를 생각해서 만들기 쉬운 아이스 아메리카노가 아니라 번거로운 수박 스무디를 만들어 준 걸 수도 있다. 나는 수박을 못 먹는다고 다시 말하고 싶지가 않아서, 언니가 수박 스무디를 만들어 주면 그걸 가만히 들고 있다가 언니 모르게 화장실 변기에 버린다.

오늘 같이 점심 먹으면서 이 과장이 한 말이야.

언니는 컵에 남은 얼음을 와작와작 씹어 먹으면서 굳이 알려 줬다. 이 과장이 냉면을 얼마나 급하고 더럽게 먹었는지도 이어 말했다. 나는 험담을 들으며 생각했다. 선주는 나보다 한 살 어리니까 선주도 요즘 애들에 포함될 텐데……. 그러니까 '요즘 애들'도 고졸과 대학생으로 나뉘는 걸까. 고졸인 요즘 애들은 근성이 없고 대학교 다니는 요즘 애들은 고생이 많고 짠하고……. 그런 걸까. 은성 언니는 대학을 졸업하고 사설 아카데미에서 베이커리를 배워 자격증을 딴 다음 이 일을 시작했다. 과장님은 우리보다는 나이가 많고 자기보다는 어린 은성 언니를 '험담과 평가 공모자'로 활용했다. 언니를 붙잡고 틈날 때마다 어린 사원들 욕을 해대면서 공감을 강요하는 것이다. 그리고 우리 앞에서는 언니를 은근히 깎아내렸다.(ex. 4년제 나온 사람이 이 정도 머리도 안 돌아가니? 어릴 때부터 필드를 경험한 사람과 아닌 사람 차이가 이런 데서 나는 거야.) 그러니까 과장님은 자기 기분에 따라 고졸을 깠다가 대졸을 깠다가 때로는 두 존재를 모두 깎아내리는 사람이다.

내가 근무하는 대형 베이커리 카페는 우리 지역에서 꽤 유명하고 손님도 많다. 체인점도 전국에 다섯 개나 있다. 그중 세 곳의 체인점에 납품할 빵과 쿠키까지 우리 매장에서 만들어야 하기 때문에 홀이나 음료 담당 직원보다 베이커리 직원이 훨씬 많다. 사실 이력서를 보내면서도 나는 채용이 안 될 거라고 생각했다. 구인 공고에 '자차로 이동 가능한 분 우대'라고 적혀 있었으니까. 매장이 도심에서 먼 편이어서 자동차로 출퇴근이 가능한 사람을 우선적으로 뽑겠다는 의미였다. 이력서를 보내기 전에 매장 근처까지 가는 시내버스를 먼저 찾아봤다. 자동차를 타고 가면 20분 정도 걸리는데 버스를 한 번 환승해서 가면 한 시간 넘게 걸렸다. 채용되더라도 출퇴근 시간이 너무 길어서 힘들지 않을까 생각하면서도 이력서를 보냈다. 다른 곳보다 월급을 5만 원 더 줬기 때문이다.

돌이켜 보면 과장님은 처음부터 나를 깔봤던 것 같다. 면접 때 과장님의 말을 대충 떠올려 보자면……. 우리 매장 오픈 멤버 모집할 때 경쟁률 장난 아니었어. 그때는 스펙 좋은 애들 위주로 뽑았거든. 근데 자기들끼리 무슨 문제가 생긴 건지 갑자기 우루루 그만두는 바람에 우리도 지금 황당한 상황이야. 자기는 고졸인 데다 수상 경력도 없지만 그래도 이쪽에서 일한 경력도 있고 완전 초보는 아니고. 우리도 지금 갑자기 사람을 뽑아야 하는 처지니까 자기는 운이 좋은 거야. 베이커리 실장님은 우리 사장님이 특히 공들여서 스카우트한 분이셔. 깐깐하고 엄한 분이니까 밑에서 배울 수 있는 것도 많을 거야. 솔직히 우리 매장 아니면 자기가 그런 분 밑에서 일할 기회를 어디서 잡겠어? 자기는 정말 운이 좋은 케이스라니까……. '초장에 기를 죽이기 위해' 과장님이 그런 식으로 말했을 가능성이 크다고 은성 언니는 말했다. 그리고 또 은성 언니 말에 의하면, 오픈 멤버가 우루루 그만둔 데는 과장님 역할이 아주 컸다. 과장님이 편애하는 그룹과 그렇지 않은 그룹이 있었고, 과장님은 두 그룹을 차별 대우했고, 직원들 사이에 오해가 쌓여 분란이 일어났는데 정작 과장님은 요즘 애들 이기적인 건 정말 어쩔 수가 없다는 식으로 그만둔 직원들을 비난했고……. 휴, 더 말해 뭣 하나.

은성 언니는 처음부터 나를 친근하게 대해 줬다. 언니가 있어서 그나마 수월하게 적응할 수 있었다. 하지만 가까워질수록 언니는 조금씩 다른 모습을 보여 줬다. 아니, 과장님 때문에 언니도 변한 걸까? 내가 과장님을 별로 좋아하지 않는다는 사실을 눈치챈 다음부터 언니는 과장님이 나에 대해 어떤 험담을 늘어놓았는지를 시시콜콜 전했고, 녹음 파일을 들려줬고,(만약의 경우에 대비해서 녹음 파일을 모아 두는 것 같았다.) 이중적이고 경박한 사람이라고 과장님을 헐뜯었다. 처음에는 과장님만 싫어하면 됐는데 이제는 은성 언니도……. 나는 잘 모르겠다. 나에 대한 험담을 굳이 녹음까지 해서 내게 전하는 이유가 뭘까. 그게 정의라고 믿는 걸까? 언니는 내 말도 몰래 녹음해서 다른 사람에게 들려주고 그럴까? 어쩌면 언니는 일부러 내게 수박 스무디를 만들어 주는 건지도 모른다. 자기가 만들어 준 수박 스무디를 한 모금도 마시지 않는다고 다른 사원들에게 나를 욕할 수도 있다. 솔직히 그런 상상이나 하는 내가 너무 싫고 한심하지만, 경험이 자꾸 더러운 상상을 부추긴다.

거의 녹아 버린 폴라포를 입에 털어 넣고 격렬하게 손을 흔들어 '나에게 승차 의지가 있다'는 것을 보여 준 뒤 7번 버스를 탔다. 우리가 자리에 앉기도 전에 기사는 급출발을 했다. 나는 간신히 버스 손잡이를 잡았고 윤은 내 팔을 잡았다. 우리는 운 좋게도 버스를 탔다. 운 좋게도 넘어지지 않았다. 운 좋게도 다치지 않고 자리에 앉았다. 서울의 디저트 업체에 취업한 수아가 서울의 시내버스에 대해 말해 준 적이 있다. 서울은 일단 사람이 많으니까 정류장마다 타고 내리는 사람이 꼭 있어서 버스가 정류장을 그냥 지나칠 수 없고, 도로에 차가 많으니까 서행을 할 수밖에 없다고. 사람도 많고 차도 많고 집도 많고 그 어느 곳보다 일자리도 많은 서울. 그러니까 서울에는 나처럼 고졸 직장인도 많겠지? 그럼 차별이나 무시도 좀 덜할까? 수아는 주로 서울 생활의 어려움에 대해 이야기했다. 특히 집값. 월급의 절반이 월세로 나가는 바람에 돈을 모을 수가 없다고 수아는 웃으면서 말했다. 힘든 이야기를 하면서 웃긴다고 웃었다.

고3 때까지는 나도 성인이 되면 서울로 올라갈 거라고 생각했다. 드라마나 영화에서 봤던 서울 사람들의 삶을 살아 보고 싶었다. 지하철을 타고 출퇴근하며 한강을 산책하고 주말에는 친구들과 맛집을 찾아다니는 삶. 서울의 밤을 아름답게 밝히는 한 점 불빛 속에 나의 집도 있기를 바랐다. 서울에 일자리를 얻은 친구들의 SNS를 보면 그들은 내가 상상하던 삶을 살고 있는 것만 같다. 아름답고 즐거운 순간에는 사진을 찍을 수 있으니까. 주방에서 반죽을 치대고 생지를 만들다가, 밀가루 포대를 옮기고 설거지를 하다가, 선임들에게 야단을 맞다가 느닷없이 셀카를 찍을 수는 없을 테니까. 그렇다는 걸 잘 알면서도 친구들의 게시물에 하트를 누를 때마다 조금씩 아주 조금씩 쓸쓸함이 쌓인다.

만약에 윤이 서울에 있는 대학교에 가겠다고 한다면 모든 걸 정리하고 무리를 해서라도 같이 올라갈 생각이다. 하지만 윤은 지금 고등학교를 자퇴한 상황이고, 대학교 진학 생각도 없는 것 같다. 엄마가 죽은 뒤 윤은 모든 것을 놔 버렸다. 장례식 끝나고 1년 넘게 윤은 집에서 한 발자국도 나가지 않았다. 출석일이 모자라 제적 처리 될 수도 있다는 담임 이야기를 듣고 나는 윤의 자퇴서를 대신 작성했다. 윤에게 이유를 묻고 사정을 하고 울고불고 싸우는 것보다는 그냥 그렇게, 내가 대신할 수 있는 일을 조용히 하는 편이 덜 힘들었다. 내가 몰아붙여서 윤이 나쁜 선택을 할까 봐 무서운 마음도 컸고……. 윤까지 죽으면 나는 더 살아야 할 이유가 없다. 꽃샘추위가 끝날 무렵부터 윤은 편의점에 가는 정도의 외출을 시작했고, 완연한 봄이 도착했을 때는 내게 먼저 말했다. 언니,

우리도 꽃을 보러 가자.

그래서 우리는 꽃을 보러 갔다. 버스를 타고 호수 공원까지 가서 커다란 벚나무가 줄지어 있는 산책로를 걸었다. 그날 꽃과 나무를 배경 삼아 우리 둘의 사진을 꽤 찍었다. 사진을 찍을 때마다 나는 생각했다. 이 사진이 영정 사진이 될 수도 있어. 사람 일은 알 수가 없으니까. 엄마의 영정 사진도 내 휴대 전화에 들어 있던 사진 중 한 장을 찾아내서 썼다. 윤의 중학교 졸업식 때 찍은 사진이었다. 그날 윤은 우등상을 받았고 친구들에게 선물과 편지도 많이 받았다. 엄마는 꽃을 사 오지 않았고 윤은 엄마에게 짜증을 냈다. 나는 지나가는 사람에게 휴대 전화를 건네 주며 우리 세 사람의 사진을 부탁했다. 사진을 찍을 때 윤은 엄마의 팔짱을 꼈다. 사진을 찍은 다음 윤은 엄마에게 다시 짜증을 냈고 나는 윤에게 화를 냈다. 사진 속 엄마의 얼굴은 무표정하다. 우리가 서로에게 화를 내기 전에 찍은 사진인지 이후의 사진인지 모르겠다. 윤은 기억할까? 윤과는 아직 그런 이야기를 나눌 수 없다. 언젠가는 이야기할 수 있겠지. 그런 날이 오는 것도 오지 않는 것도 슬프다.

버스가 우체국 앞 정류장에 잠시 멈췄다. 무심히 창밖을 쳐다보다가 길가에 서서 울고 있는 여자를 봤다. 여자 옆에는 아무도 없었다. 여자와 눈이 마주칠까 봐 급히 시선을 돌렸다. 버스가 출발하는 순간 다시 여자를 바라봤다. 여자는 팔뚝으로 눈물을 닦아 내고 있었다. 나도 저렇게 운 적이 있다. 버스를 기다리다가, 버스에서 내린 뒤에, 버스에 앉아서. 혼자 울 때는 아무와도 눈이 마주치지 않았다. 윤도 저렇게 혼자 운 적이 있겠지. 엄마도 그런 적이 있겠지. 혼자 울다가 팔뚝으로 눈물을 닦을 수 있다면 비교적 괜찮은 거다. 집으로 돌아갈 힘이 다시 차오를 수도 있을 테니까. 다음 정류장은 남부 오거리라는 방송이 나왔다. 나는 하차 벨을 눌렀다. 벌써 내려? 윤이 물었다. 여기서 갈아타야 돼. 자리에서 일어나며 대꾸했다. 버스에서 내린 뒤 24번 버스로 환승했다. 버스 뒷자리로 걸어가는 윤에게 네 정거장 뒤에 내릴 거니까 너무 뒤에 앉지는 말자고 했다. 하차 문 근처에 윤을 앉게 하고 나는 의자 손잡이를 잡고 섰다.

언니도 앉아.

윤이 빈자리를 가리키며 말했다.

됐어. 곧 내리는데.

창밖을 잠시 쳐다보던 윤이 물었다.

언니는 몇 번이나 가 봤어?

나는 윤을 내려다봤다. 윤이 이어 물었다.

혼자 갔어?

그렇지 뭐.

가서 뭐 했어?

그냥 가만있었어.

울었어?

아니.

윤은 다시 창밖을 바라봤다. 윤도 조금 전 길에서 혼자 울던 여자를 본 걸까? 그 여자를 보면서 나를 생각한 걸까? 가서 울지는 않았다. 가는 길에 울거나 오는 길에 울었다. 막상 유골함과 엄마 사진을 쳐다보고 있을 때는 아무 생각도 들지 않았다. 차분해지고 차가워졌다.

정류장에 내려 700번 버스를 기다렸다. 윤은 지친 기색으로 그늘을 찾아 쪼그려 앉았다. 가방에서 텀블러를 꺼내 윤에게 건넸다. 커피야? 윤이 물었다. 나는 고개를 저었다. 텀블러 뚜껑을 열고 물을 시원하게 들이켠 뒤 윤은 중얼거렸다. 커피 마시고 싶은데. 윤에게 텀블러를 받아 나도 물을 조금 마신 뒤 대꾸했다. 이렇게 덥고 땀 많이 흘릴 때 커피 마시면 안 좋아. 윤은 모자를 벗고 이마의 땀을 닦았다.

언니, 나도 일 배울래.

윤이 모자를 쓰며 말했다. 챙에 가려 윤의 얼굴이 보이지 않았다. 갑자기 매미가 울어댔다. 귀를 막고 싶을 만큼 날카롭고 자극적인 소리였다. 일? 무슨 일? 언성을 높여 물었다. 윤이 뭐라고 대꾸를 했는데 제대로 듣지 못했다. 윤이 자리에서 일어나며 도로 쪽으로 성큼성큼 다가섰다. 700번 버스가 오고 있었다. 야, 위험하다니까! 윤의 팔꿈치를 잡아당겼다. 경고를 하려고 했는데, 어쩐지 화를 내고 말았다. 윤은 개의치 않고 인도 가장자리에 서서 손을 높게 들었다. 윤이 아니라면 내가 저 자리에서 윤처럼 아슬아슬하게, 위험하게, 사고를 감수하고, 우리에게도 승차 의지가 있다는 것을 표현해야 할 것이다. 똑같은 요금을 내고 버스를 타는 어떤 사람들은 하지 않아도 되는 몸짓을 해야만 하는 거다. 돈을 내고 버스를 타겠다는 정당한 행위에도 어째서 구걸과 같은 몸짓이 필요하지? 대체 왜? 윤을 뒤로 잡아당기고 윤이 섰던 자리에 내가 섰다. 나는 위험을 감수하고 그럴 수 있지만 윤이 그러는 걸 보고 있을 수는 없다.

나도 언니처럼 빨리 돈 벌고 싶어.

버스 제일 뒷자리에 앉아 윤이 말했다. 윤이 뭔가를 하고 싶다고 말해서 마음은 놓였지만, 돈을 벌고 싶다는 말을 기대한 적은 없는데…….

학교부터 졸업해야지.

나도 특성화 고등학교 가서 일 배울 거야.

그냥 재입학하면 안 돼?

돈 벌고 싶다니까.

대학 안 갈 거야?

언니도 안 갔잖아.

나는 입을 다물었다. 우리는 서로 다른 곳을 바라봤다. 버스에는 사람이 별로 없었다. 버스 기사는 과속과 급커브와 급정지를 반복했다. 버스의 제일 뒤에 타고 있는 우리 자매의 안전 따위에는 관심 없는 것 같았다. 솔직히 우리가 버스에 타고 있는지도 모르는 것 같았다. 버스가 과속 방지 턱을 지나면서 윤과 나의 몸이 동시에 둥실 떠올랐다. 나도 모르게 윤의 가슴께를 한 팔로 가로막았다. 윤은 나의 허벅지를 꽉 눌렀다.

아저씨!

윤이 소리를 질렀다. 나는 하차 벨을 눌렀다. 벌써 내려? 윤이 나를 쳐다보며 물었다. 윤의 손을 잡고 서둘러 버스에서 내렸다. 버스는 빠르게 멀어졌다. 아직 한참 더 가야 하는 것 아니냐고 윤이 물었다. 나는 고개를 끄덕이면서 중얼거렸다. 근데 진짜 저 버스 타고 가다간 죽을 것 같아서.

근데 다음 버스도 저럴 수 있잖아.

정류장의 벤치에 앉으며 윤은 말했다. 외진 곳의 정류장이어서 버스 도착 안내 전광판도 없었다. 한적한 도로를 바라보다가 윤이 말했다.

언니는 어릴 때부터 요리 잘했잖아. 뭐든 금방 만들고.

나는 텀블러를 꺼내 물을 조금 마신 뒤 윤에게 건넸다. 목을 축인 뒤 윤이 물었다.

빵 만드는 건 재밌어?

힘들어.

대답해 놓고 후회했다. 윤에게 힘든 티를 내고 싶진 않았다. 매미가 울기 시작했다.

근데 재미도 있어.

윤은 별다른 대꾸를 하지 않았다. 역시 힘들다는 말을 하지 말았어야 했나.

나는 돈 모아서 나중에 작은 빵집 차릴 거야. 빵집 이름도 벌써 생각해 놨어.

희망찬 이야기를 하고 싶어서 평소에 속으로만 하던 생각을 털어놨다. 빵집 이름이 뭐냐고 윤이 물었다.

크루아상.

크루아상?

응. 나는 크루아상 장인이 될 거거든. 내 매장에서는 크루아상만 팔 거야.

그것만 팔아서 장사가 될까?

크루아상 종류를 다양하게 만들면 돼.

천천히 고개를 끄덕이던 윤이 갑자기 활기찬 목소리로 물었다.

그 빵집 나도 같이하면 안 돼?

그건……. 너는 네가 좋아하는 일을 해야지.

윤은 모자를 벗어 모자챙으로 부채질을 하며 느릿느릿 말했다.

언니, 있잖아. 내가 생각해 봤는데……. 뭘 좋아하느냐는 별로 중요한 것 같지가 않아. 다들 그렇게 말하잖아. 좋아하는 게 뭐냐고. 좋아하는 일을 찾으라고. 근데 진짜 중요한 건 좋아하는 걸 계속 좋아하는 거거든. 근데 그게 안 되는 것 같아. 좋아하는 걸 계속 좋아하도록 두질 않는 것 같아.

누가?

내 물음에 윤은 어깨를 으쓱하며 자조하는 표정으로 중얼거렸다.

뭐, 이 세상 전부가?

윤의 몸짓과 표정을 보고 나는 피식 웃었다.

그러니까 나는 있잖아, 좋아하는 일을 하는 것보다 싫어하는 일을 하지 않는 게 더 중요하다고 봐.

내가 싫어하는 일이 뭘까 생각했다. 일단 윤이 싫어하는 건 나도 싫다. 윤이 우는 것도 싫다. 윤과 위험한 버스를 계속 타는 것도 싫고. 무시와 차별도 싫고. 서로 험담하는 사람끼리 한 공간에서 일하는 것도 싫고. 수박 스무디도 싫고…….

도로를 멀리 바라보며 윤이 말했다.

언니는 돈 버느라 힘든데 나만 혼자 대학 가고 그런 거 나는 싫어.

나는 지금 하는 일 좋아해. 힘들긴 해도……. 야, 그리고 돈 버는 일은 다 힘들지.

나도 돈 벌어서 보태면 우리가 크루아상을 좀 더 일찍 차릴 수도 있잖아.

너는 좋아하는 거 없어?

나는 아무것도 좋아하고 싶지 않아.

엄마는 느닷없이 죽었고 나는 가장이 되었다. 엄마가 죽은 날 나는 프랜차이즈 빵집에서 케이크를 만들고 있었다. 윤이 먼저 엄마의 사망 소식을 들었다. 윤은 병원으로 가는 대신 내가 일하는 빵집으로 왔다. 당시 사장님은 일주일 정도 쉬면서 마음을 추스르고 다시 출근하라고 했는데, 나는 그러지 못했다. 내 사정을 알고 있는 사람들 틈으로 돌아갈 수가 없었다. 만약 그때 내가 대학생이었다면……. 어쩌면 나는 더 많이 방황했을지도 모른다. 지금 윤은 방황하는 중일까? 그렇다면 다행이다. 방황하는 윤의 곁에 있을 수 있어서 다행이다.

근데 언니 꿈 멋있는 거 같아. 크루아상 장인.

윤이 모자를 눌러쓰며 말했다.

엄마가 들었다면 또 엄청 걱정했겠지만.

윤의 말을 듣고 상상했다. 엄마가 살아 있었다면 나의 계획을 듣고 했을 말들. 네가 그걸 할 수 있겠느냐, 장사는 아무나 하냐, 몇 십 년 대출금만 갚다가 인생 끝난다, 월급 받으면서 사는 게 제일 속 편한 거다……. 내가 특성화 고등학교에 진학할 때도 엄마는 혼자 엄청 걱정했다. 엄마는 내가 하는 일은 다 안 될 거라고 생각하는 것만 같았다. 뭘 한다고 해도 걱정, 안 하겠다고 해도 걱정. 나는 엄마의 그런 말을 무시하는 편이었고 윤은 싸우는 편이었다. 윤은 엄마에게 짜증을 내면서 이렇게 외치곤 했다. 할 수 있어! 할 수 있다고! 그러면 나는 그만 좀 하라고 윤을 말리곤 했는데.

멀리서 700번 버스가 다가왔다. 우리는 버스에 올라 나란히 자리에 앉았다. 에어컨 바람이 시원했다. 피곤하면 눈 좀 붙이라고, 도착하려면 한참 더 가야 한다고 말했다. 윤은 내

어깨에 머리를 기대고 눈을 감으며 중얼거렸다.

엄마한테 가서 다 말하자. 언니는 나중에 꼭 사장님이 될 거라고. 엄마 혼자서 잔뜩 걱정하게 두고 우린 잘 사는 거지.

머릿속으로 생각만 할 때는 실현 불가능한 꿈처럼 느껴졌는데, 윤이 멋있다고 말해 주고 정말 이루어질 일처럼 얘기하니까 기운이 났다. 할 수 있을 것만 같았다.

그래. 엄마 혼자서 잔뜩 걱정하게 두고.

나는 입 모양만으로 윤의 말을 따라 했다.

잘 살자. 우린.

작가의 말

청소년이었을 때, 저는 막연히 '어른 따위 되지 않겠다.'라고 생각했습니다. 어른들은 이해할 수 없는 일로 자주 화를 내고 짜증을 감추지 않았습니다. 자기중심적으로 사고하고 행동했습니다. 무조건 자기가 옳다고 우기는 경우가 많았고 타인의 의견을 귀 기울여 듣지 않았습니다. 청소년을 비하하고 무시하고 얕잡아 봤습니다. 자기보다 어리고 약한 존재에게 언어적, 신체적, 정신적 폭력을 휘두르면서도 그것이 폭력이란 생각조차 못 하는 것 같았습니다.

그러나 다시 돌이켜 보면, 좋은 어른도 있었습니다. 상대를 배려하고, 편견을 경계하고, 말과 행동에서 신중함이 느껴지며, 걱정하기보다 지지해 주고, 성적이나 외모를 잣대로 청소년을 판단하지 않는 어른도 분명 있었습니다. 그런 어른은 흔치 않았어요. 저는 그들을 어른답지 않은 어른이라고 생각했습니다.

어른이 된 뒤에야 깨달았습니다. 당시 제가 보기에 '어른답지 않은 어른'에 가까웠던 사람들이 진짜 어른이었다는 것을요. 우리가 만나는 어른 중 적어도 절반 정도는 좋은 어른이길 바랍니다. '좋은 어른'의 기준은 각자 다를 거예요. 좋은 어른이란 어떤 사람인가 한 번이라도 생각해 본 삶과 그런 생각조차 해 보지 않은 삶 또한 분명 다를 거라고 저는 믿어요. 저는 좋은 어른이고 싶습니다. 여기, 제가 쓴 소설의 어른들처럼 살고 싶지는 않아요, 결코.

07

운동화와 양말 두 켤레

최양선

2009년 장편 동화 『몬스터 바이러스 도시』로 제11회 문학동네어린이문학상을 수상하며 작품 활동을 시작했다. 2011년에는 장편 동화 『지도에 없는 마을』로 제16회 창비 '좋은 어린이책' 원고 공모에서 고학년 창작 부문 대상을 수상했다. 지은 책으로는 『세대주 오영선』, 『달의 방』, 『별과 고양이와 우리』, 『용의 미래』 등이 있다.

1

12시 20분. 텅 빈 사무실을 뒤로하고 밖으로 나왔다. 봄을 품은 하늘은 맑고 파랬다. 새 한 마리가 하늘을 가로질러 날고 있었다. 자유롭게 비행하는 새를 바라보다가 점이 되어 멀어지고 나서야 근처 편의점 안으로 들어갔다.

냉장고에서 샐러드를 집어 계산대 앞에 내려놓은 뒤 지갑에서 카드를 꺼냈다. 귀밑까지 내려오는 짧은 단발머리인 알바생에게 카드를 전해 주었다. 그녀는 바코드를 찍고 카드를 리더기에 집어넣었다. 잠시 뒤, 은이 맞지,라는 목소리가 들려왔다. 고개를 들자 동공이 크고 짙은 두 눈이 내 얼굴을 내려다보고 있었다.

"나를 알……아요어?"

당황한 나는 어중간한 말을 내뱉고는 그녀의 얼굴을 멀뚱히 쳐다보았다.

"김선진인데. 고등학교 2, 3학년 때 같은 반이었는데."

"아, 그, 그랬나?"

"기억 못 할 수도 있지."

선진이는 내 앞으로 카드와 샐러드를 밀어 놓았다. 곧 목에 걸린 사원증에 닿은 그 아이의 시선이 느껴졌다.

"이 근처 회사에 다니나 봐?"

"응."

잠시 어색한 공백이 이어진 뒤 선진이가 말문을 열었다.

"난 5시 30분에 끝나는데. 퇴근 뒤에 볼까?"

선진이의 갑작스러운 제안이 당황스러워 승낙도 거절도 하지 못한 채 가만히 서 있었다.

"저기서 기다릴게."

선진이가 손으로 가리킨, 창문 너머 회색 건물 2층에는 N 호프라는 간판이 걸려 있었다. 나는 알겠다고 말한 뒤 샐러드와 카드를 챙겨 밖으로 나왔다.

2

6시가 넘어서 약속 장소에 도착했다. 문을 열고 들어서자, 선진이가 내게 손을 흔들었다. 선진이 앞에는 안쪽 둘레에 거품이 자욱하게 묻은 맥주잔과 강냉이 그릇이 나란히 놓여 있었다.

"먼저 마셨어."

나는 잘했다고 말했다. 자리에 앉으며 선진이의 얼굴을 바라보았다. 오후에 사무실로 돌아간 뒤 과거 어딘가에 있을 선진이를 찾기 위해 기억을 헤집어 나갔다. 푸른 교정과 널찍한 운동장, 아이들로 가득했던 교실과 복도……. 구석구석을 살펴보았지만 어디에서도 선진이를 발견하지 못했다.

선진이는 허공을 향해 손을 들었다. 종업원이 다가와 메뉴판을 탁자 위에 내려놓자 선진이는 내 쪽으로 돌려놓았다.

"치킨 먹을까?"

"그래."

"내가 오자고 했으니까 내가 살게."

선진이는 기다리고 있던 종업원에게 프라이드치킨과 맥주잔 하나를 갖다 달라고 말했다. 잠시 뒤, 종업원은 내 앞에 술잔을 놓고 황급히 사라졌다. 선진이가 빈 잔에 맥주를 따랐고 우리는 잔을 부딪쳤다. 알싸한 시원함이 식도를 타고 몸 안으로 들어가는 동안 종업원은 치킨과 무가 담긴 접시를 내려놓았다. 선진이는 다리 한 개와 날개 등의 조각들을 나의 접시 위에 쌓으며 많이 먹으라고 말했다. 정작 자기 접시에는 퍽퍽한 가슴살 한 조각만 옮겨 담았다.

"실습 나갔던 회사에 계속 다니는 건가?"

선진이가 접시 위 가슴살을 내려다보며 물었다.

"응."

선진이는 고개를 끄덕였다.

침묵이 이어졌다. 나도 물어야 하는 건가, 아르바이트를 하고 있는 이유에 대해서. 하지만 입이 떨어지지 않았다. 대신 언제부터 여기 편의점에서 일을 한 것이냐고 물었다.

"한 달 정도 됐어."

"파트타임?"

나는 무 조각을 포크로 찍으며 말했다.

"아니. 아침부터 해."

"언제 날 알아본 거니?"

"스타킹 사러 온 날."

스타킹 올이 나가 급히 편의점에 들렀던 날은 3주 전이다.

말이 중단되자 분위기는 어색해졌다. 선진이는 고개를 들지 않고 치킨을 먹는 데 집중했고 나는 선진이의 정수리를 바라보며 다시 기억을 찾기 위해 시간을 되돌려 나갔다. 정말이지 떠오르는 게 없었다. 아무 기억이 없다는 것이 불안했다.

선진이가 고개를 들었고 우리는 눈이 마주쳤다. 나는 안 해도 그만인 연예인의 사생활 이야기를 꺼냈다. 선진이와 이야기를 주고받으며 의미 없는 대화를 이어 나갔다. 그사이 치킨은 모두 사라졌고 맥주잔도 깨끗해졌다.

"이제 일어날까?"

선진이가 먼저 말했다.

코트를 입는 동안 선진이는 걸쳐 입은 후드 점퍼의 구멍에 단추를 채워 나갔다. 섬세한 손가락의 움직임이 눈에 들어왔고 이상하게도 그 모습에서 눈을 뗄 수 없었다. 어디에서 비롯된 것인지 모를 불편한 감정이 밀려들었다. 불편한 감정에도 종류가 있다. 짜증과 불만, 화 등. 그러한 감정에도 미세한 차이가 있는데 그 어떠한 단어로도 지금 마음을 표현할 수 없었다. 문득 흐릿하게 떠오르는 이미지가 있었다. 고요함 속에 특유의 서류 냄새가 가득했던…….

"가자."

선진이가 검은색 백팩을 한쪽 어깨에 둘러메며 말했고, 나는 그제야 그 감정에서 벗어날 수 있었다.

우리는 밖으로 나왔다. 지하철역으로 향하려는 내게 선진이가 자신은 저녁 알바 때문에 버스를 타야 한다고 했다.

"알바를 또 해?"

"고깃집 서빙인데 매일은 아니고 일주일에 세 번."

선진이는 말을 하며 고개를 아래로 떨구었다.

"그런데 발, 안 아프니?"

나는 9센티미터인 뾰족한 구두 굽을 내려다보았다.

"오래 서 있으면 조금."

선진이는 말없이 고개를 주억거린 뒤 먼저 간다는 말을 던지고 버스 정류장을 향해 달려갔다. 선진이가 둘러멘, 등을 전부 가린 검고 큰 가방이 좌우로 흔들렸다. 그 모습을 가만히 지켜보다가 몸을 돌렸다.

3

집으로 오자마자 졸업 앨범을 찾았다. 디자인 전공 반은 두 반이었다. 3학년 2반을 펼쳐 사진과 이름을 대조해 가며 살폈다. 선진이는 세 번째였다. 지금보다 머리카락이 길어서 어깨까지 닿아 있고 안경을 끼고 있었다. 그제야 안도감이 들었다. 이것 때문이었나. 기억에 존재하지 않는 선진이가 같은 학교, 같은 반이 아니었을 수도 있다는 의심. 이왕 앨범을 펼친 김에 다른 사진들도 세세하게 살폈다. 평화로운 교정과 밝게 웃고 있는 아이들과 선생님……. 중학교 때부터 미술을 좋아했다. 입시 미술을 하고 싶었지만 집안 형편이 좋지 않았다. 생활 기록부 장래 희망란에 디자이너라는 내용을 본 중3 때 담임은 내게 특성화 고등학교를 권했다. 선뜻 결정할 수는 없었다. 그러다 10월에 입시 설명회에 참석했다. 세 명의 선배가 자신들의 이야기를 들려주었다. 첫 번째는 대학에 진학한 선배, 두 번째는 취업을 한 선배, 세 번째는 취업을 한 뒤 재직자 전형으로 야간 대학에 간 선배. 내 마음을 사로잡은 건 두 번째 선배였다. 선배는 취업을 한 뒤에도 자기 계발을 위해 언어 공부를 하고 있다고 했다. 모두 대학을 가려는 현실에서 자기만의 길을 개척해 나가는 모습이 멋있었다. 설명회가 끝이 나고 곧장 선배에게 달려갔다. 꾸벅 인사를 한 뒤 선배님이 나의 롤 모델이라고 서슴없이 말했다.

1학년 1학기에는 성적이 전교에서 중간 정도였다. 선생님들은 성적이 좋은 아이들이나 일찍부터 자격증이 있는 아이들에게 집중했다. 그러니까 인문계 고등학교에서 상위권 성적의 아이들이 선생님들의 관심을 받고 생기부에 작성할 내용을 채울 기회가 많은 것처럼, 특성화 고등학교도 마찬가지였다. 대학에 가기 위해 온 아이들과 취업을 위해 온 아이들로 분리가 되는데 어느 편이든 성적이 우수한 아이들에게 선생님들의 관심이 갈 수밖에 없었고 나도 그 무리 속에 끼고 싶었다.

성적을 올리기 위해 노력해야 하는 시간만큼 포기해야 할 것들이 있었는데 그중에는 아이들 간의 깊은 관계나 우정도 포함되었다. 선진이에 대한 기억이 없는 건 그 때문인지도 몰랐다.

1학년 2학기 때, 나의 성적은 몰라볼 정도로 좋아졌다. 선생님들의 관심을 사로잡을 수 있었고 그 관심을 지속시키기 위해 더 많은 노력을 기울여야 했다.

2학년 때 디자인과를 선택한 뒤에는 공부와 자격증을 따는 데 몰두했다. 포트폴리오를 만들기 위해서 방과 후 수업에 참석했고 학교에서 주최하는 공모전에 팀으로 출전하기도 했다. 다행히 노력한 만큼 결과가 따라 주었다. 고등학교 2년 6개월 동안의 나의 시간은 사회인, 직장인이 되기 위한 날들, 그 이상도 그 이하도 아니었다.

3학년 2학기 때 실습을 나갔던 메모리 칩을 디자인하는 회사에 취업이 되었고, 이곳에 나의 롤 모델이었던 선배가 있었다. 실습 첫날, 3년 전 입시 설명회 때 이야기를 하자 선배가 나를 기억하고는 환하게 웃어 주었다.

직장 생활은 신경 써야 할 것이 더 많았다. 학교 교실과는 다른, 묵직하고 건조한 분위기 때문에 모르는 것이 있어도 물어보는 것조차 어려웠다. 특히 남자 상사들의 짓궂은 농담을 들을 때면 어떻게 대응을 해야 할지 몰라 전전긍긍하다가 자리를 피하곤 했다.

고등학교 졸업자라서 실력이 모자란다는 말을 듣지 않기 위해 주말에도 업무 관련해서 따로 공부를 하고 영어 학원을 다니며 그룹 스터디에도 참석했다. 1년이 조금 넘는 동안 일을 하며 알게 된 건 사회생활은 실력과는 무관한 어떠한 힘으로 인해 위치가 정해지기도 한다는 것, 겉으로는 웃고 있지만 사원들 간의 은근한 경쟁심과 신경전이 존재한다는 것이었다. 의지하고 있던 선배가 나를 밀어내는 기분이 들 때도 모르는 척 넘길 줄도 알아야 했다. 대학 졸업자보다 월급이 적은 것은 알고 있었지만 시간이 지날수록 그 격차가 커지는 현실을 깨닫고는 힘이 빠지는 것은 어쩔 수 없었다. 그럼에도 나는 노력은 배신하지 않는다는 말을 굳게 믿으며 버텼다.

한 달 전, 롤 모델이었던 선배가 회사를 그만두면서 나의 의지와 결심이 흔들리기 시작했다. 선배가 퇴사한 이유는 대학에 가기 위해서였다. 야간 대학이기 때문에 직장 생활을 하면서 다닐 수 있지 않느냐는 나의 말에, 솔직히 회사 눈치가 보인다고 했다. 또 공부에 좀 더 전념하고 싶은 마음도 있다고. 프리랜서로 일하면서 대학 졸업 뒤에는 창업도 고려할 수 있다고 했다. 나도 대학을 가야 하는 건가, 생각이 많아지는 요즘이었다.

선배가 떠난 자리에 4년제 대학 졸업자인 신입 사원이 들어왔다. 그녀 앞에서 이유 없이 작아지는 느낌이 드는 건 왜일까. 오늘은 그녀를 환영하기 위해 부장이 점심을 사겠다고 했는데 배가 아파 병원에 가야 한다는 핑계를 대고 참석하지 않았다.

이런 못난 감정들이 뒤따르는 건 사회 초년생이기 때문일까. 어른들이 만들어 놓은 견고한 세계에는 언제쯤 익숙해지는 걸까. 가끔 이 세계로 편입되기 전에 준비 과정을 알려 주는 수업 있었음 좋겠다는 생각이 들 때가 있다. 어느 날 갑자기 좁고 높은 위치에 올려진 기분이 들었기 때문에. 그곳은 처음 굽이 가는 하이힐을 신었을 때보다 위태롭고 아슬아슬했다. 이럴 때는 스스로에게 자신감을 불어넣어야 한다. 나는 할 수 있다. 나는 할 수 있다. 할 수 있다. 할 수 있다. 할 수 있다…….

'발 안 아프니?'

느닷없이 선진이의 말이 귓가에 맴돌았다. 나는 발을 내려다보며 발가락 열 개를 꼼지락거렸다.

4

다음 날, 퇴근 뒤 처진 몸을 이끌고 밖으로 나왔다. 매운 떡볶이가 간절했다. 선배랑 먹었던 맛이 떠올라 입맛을 다시며 지하철 역사로 향했다. 오른편에 있는 버스 정류장이 눈에 들어왔다. 그 길을 달리던 어제의 선진이를 떠올리며 바라보는데 정말이지 눈앞에 선진이가 서 있었다. 잠시 뒤, 선진이가 내 쪽으로 고개를 돌렸고 우리는 눈이 마주쳤다. 어색한 웃음을 주고받으며 서로에게 천천히 다가섰다.

"안녕?"

"안녕."

이어진 어색함 뒤에 할 말을 찾던 나는 "떡볶이 먹을래?"라고 묻고 말았다. 선진이는 아랫입술을 지그시 깨물더니 좋다고 했다.

우리는 건물 뒤편 골목에 있는 분식집 안으로 들어갔다. 떡볶이와 김밥을 주문한 뒤 마주 앉았다. 잠시 뒤 우리 앞에 음식이 놓였다. 동시에 떡볶이를 집어 입안에 넣고 꼭꼭 씹었다. 여전히 보이지 않는 거리감이 존재했다. 생각해 보면 우리에게는 공통점이 없었다. 공유한 시간도 연결 고리가 될 사건도. 그런데 어째서 선진이에게 같이 오자고 한 걸까. 조금은 복잡한 나의 마음과 달리 선진이는 해맑은 표정으로, 벽에 걸려 있는 텔레비전으로 눈을 돌렸다. 4월인데도 이른 더위가 찾아와 다른 해보다 일주일 먼저 벚꽃이 피었다는 소식과 함께 봄밤을 즐기려는 사람들이 한강으로 모여든다고 말하는 기자의 목소리가 흘러나왔다.

"우리도 저기 가서 자전거 탈까?"

나도 텔레비전 화면으로 눈을 돌렸다. 기자 뒤로 자전거를 타고 달리는 사람들이 지났다.

"지금?"

선진이는 고개를 끄덕였다. 기자는 소란스러운 한강의 밤을 즐기는 사람들을 만나 인터뷰를 하고 있었다. 궁금했다. 밤에 자전거를 타는 기분은 어떨지.

자전거 대여소 앞에 도착했을 때 나는 심히 당황스러웠다.

9센티미터의 구두 굽 때문이었다.

"이걸 신고 타기는 힘들겠지?"

내 구두를 물끄러미 내려다보던 선진이가 등에 멘 가방을 앞쪽으로 돌리더니 지퍼를 열었다. 그러곤 가방 속에서 하얀색 양말 한 켤레를 꺼내 내 앞으로 내밀었다.

"이거 신고 탈래?"

아무 말이 없는 내게 선진이는 양말 한 켤레를 또 꺼내 보여 주었다. 이번에는 검은색이었다.

"두 겹 신으면 괜찮지 않을까? 검은색을 바깥에 신으면 밤이라 티 안 날 거야."

선진이 말에는 설득력이 있었다.

"좋아."

선진이는 가방을 등 쪽으로 고쳐 멨다. 우리는 빌린 자전거를 끌고 가까이에 있는 벤치에 다가가 앉았다. 양말을 갈아 신는 동안 선진이는 자전거를 붙잡고 있었다. 가방 속에 양말이 있다는 것이 이상했다. 한 켤레 정도는 이해가 되지만 두 켤레는 좀……. 가방 속에 양말 말고 또 뭐가 있을지 궁금해하며 양말을 발목까지 당겨 올렸다.

의자에서 일어나 바닥을 딛고 섰다. 9센티미터 아래로 내려온 것뿐인데 키가 30센티미터는 줄어든 것 같았다.

"구두는 어떻게 하지?"

"여기 두면 되지."

선진이가 구두를 집더니 무심하게 가방 속에 넣었다. 지퍼를 잠그는 손끝이 깔끔했다. 우리는 자주색이 깔린 자전거 도로로 자리를 옮겼다. 곳곳에 켜져 있는 가로등과 사람 들로 봄밤의 한강 둔치는 활기를 띠었다.

우리는 자전거를 타고 달렸다. 발바닥에 닿는 어색한 페달 느낌도 시간이 지날수록 익숙해졌다. 바람은 온몸으로 파고들었다. 물기가 적절하게 밴 밤공기는 머리를 맑게 했고 설렘으로 가슴이 두근거렸다. 내 안에 쌓여 있던 외로운 마음과 대졸자 신입 사원에게 느낀 알 수 없는 불안함이 바람과 함께 멀리, 멀리 날아가길 바라며 페달을 밟았다.

진짜 바람 때문이었을까. 파란 하늘을 자유롭게 나는 새처럼 몸이 가벼워졌다.

"이렇게 달리다 보면 어느 순간 하늘을 날 수도 있을 것 같아. 자전거가 붕 떠오르면서."

옆에서 선진이의 목소리가 들려왔다. 선진이도 나랑 같은 생각을 하고 있었다. 그러고 보니 우리는 서로의 마음을 알아 가려는 듯 나란히 달리고 있었다. 달리는 것 자체가 좋았던 어린 시절로 돌아간 것처럼 웃음이 새어 나왔다.

무연히 선진이 쪽으로 고개를 돌렸다. 열심히 페달을 밟는 발과 20도 정도 앞으로 기울어진 등과 그곳에 거북이 등딱지 같이 붙어 있는 커다란 가방을 눈여겨보았다. 저 가방 속에 있을 나의 하이힐을 떠올리며.

"저기 의자에서 잠깐 쉬었다가 돌아가자."

선진이 말에 서서히 속도를 늦추다가 벤치 앞에서 완전히 멈추었다. 자전거를 나란히 세워 두고 의자에 앉았다. 간간이 야간 라이딩을 즐기는 사람들이 바람을 일으키며 우리 앞을 스쳐 지났다.

"발은 괜찮아?"

발바닥에 휴대 전화 플래시를 비춰 보았다. 다행히 구멍 같은 건 나지 않았다.

"덕분에 잘 타기는 했는데 이건 빨아서 주기도 그렇다."

"버려도 돼."

미련 없는 선진이의 대답이 못내 서운했다. 그때 휴대 전화 벨이 울렸다. 선진이는 가방에서 휴대 전화를 꺼내 확인하더니 놀란 표정을 지었다. 그러곤 잠깐이라고 말한 뒤, 저만치 자리를 옮겨 전화를 받았다. 선진이는 오른손에 쥐었던 전화기를 왼손으로, 다시 오른손으로 몇 번씩 바꾸어 잡았다. 웅성거리는 사람들 소리와 주위의 소음 때문에 대화 내용은

들리지 않았다.

선진이가 벤치로 돌아와 앉았다. 표정이 무겁게 느껴지는 건 어둠 때문일까. 선진이는 말이 없었다. 그 아이의 가라앉은 분위기가 내내 신경 쓰여서 관심을 거둘 수가 없었다.

선진이는 손가락을 움직였다. 오른손으로 왼손의 손가락을 잡고는 조물락거렸다. 손가락 다섯 개가 엉켜 들다 풀어지기를 반복했다. 또다시 마음이 불편해지며 한 장면이 떠올랐다. 텅 빈 교무실, 교무실을 부유하던 히터의 건조한 열기, 간간이 들려오는 헛기침과 드르륵 의자 끌리는 소리. 가슴이 두근거렸다. 이런 감정을 오래 머물게 하고 싶지 않아 불어오는 바람 쪽으로 얼굴을 돌렸다.

"다음 주 금요일에도 자전거 타러 오자."

나의 말에 선진이는 웃으며 고개를 끄덕였다. 그 틈을 놓치지 않고 선진이 앞으로 휴대 전화를 내밀었다.

"번호 찍어 줄래?"

선진이는 당황한 듯 했지만 이내 휴대 전화에 번호를 입력하고 내게 돌려주었다. 통화 버튼을 누르자 선진이 휴대 전화에서 벨이 울렸다.

"이제 갈까?"

선진이가 불쑥 일어서며 말했다. 행동에서 성급함이 느껴졌다. 그 이유가 조금 전 걸려 온 전화 때문인지 알고 싶었지만 지금은 아무것도 물을 수가 없었다. 선진이는 자전거에 올라탔고 나도 자전거에 안착했다. 우리는 앞으로 나아갔다. 선진이의 속도가 빨라졌다. 선진이와 같은 속도를 내기 위해 페달을 세게 밟았다.

5

출근길에 집 앞 편의점에 들러 새 양말 두 켤레를 샀다. 선진이는 양말 두 켤레를 버려도 된다고 했지만 그럴 수가 없어 주말에 깨끗하게 빨아서 말린 뒤 가져왔다. 양말에 내 발을 대 보았는데 나의 발보다 컸다. 선진이가 이 양말을 신고 편의점과 고깃집에서 움직이는 모습을 상상하고는 서랍 속에 넣어 두었다.

8시 45분. 선진이에게 전화를 걸었다. 통화 연결음만 이어질 뿐 묵묵부답이었다. 점심시간에 직접 줘도 괜찮을 것이라 생각하며 휴대 전화를 저만치 밀어 놓았다. 금요일 선진이와의 약속을 떠올리며 노트북 하단의 시간을 확인했다. 8시 50분. 10분은 운동화를 주문하고 계산하기에 충분한 시간이었다.

C 사이트로 들어가 운동화를 검색한 뒤 가장 무난한 디자인과 가격대를 클릭해 장바구니 안에 담고 계산을 했다. 9시가 되자마자 C 사이트를 빠져나왔다. 업무를 보기 위해 마우스를 집었다.

점심시간이 되자 사람들이 밍기적거렸다. 부장님이나 과장님이 밥 먹으러 가자고 말을 해야 다들 움직였다. 모니터 하단으로 눈길을 돌렸다. 12시 4분. 드디어, 부장님이 자리에서 일어났다. 밥 먹자는 말이 떨어지자마자 나는 선약이 있다는 말을 던져 놓고 양말이 든 종이봉투를 챙겨 사무실을 나와 버렸다. 엘리베이터를 지나 복도 끝에 있는 비상구 계단으로 향했다.

편의점 문을 밀고 들어가자마자 파란 조끼를 입고 있는 젊은 남자가 눈에 들어왔다. 주변을 둘러보았지만 선진이는 없었다.

선진이에게 전화를 걸었다. 이번에도 받지 않았다. 몸을 돌려 알바생을 바라보았다.

"여기서 일하는 김선진 알바생은 오늘 쉬나요?"

"그 친구가 일이 있다고 해서 내가 일하는 중인데요."

"무슨 일이요?"

"그건 나야 모르죠."

일단 허기를 달래기 위해 샌드위치를 집어 계산대 앞으로 다가섰다. 계산을 마치고 안쪽으로 들어가 플라스틱 의자에 앉았다. 샌드위치의 포장 비닐을 벗긴 뒤 한입 베어 먹었다. 유난히 발바닥이 아팠다. 구두 속에서 발을 뺀 뒤 발꿈치를 구두 위에 올려놓고 발가락을 살살 움직이며 선진이에게 문자를 보냈다. 무슨 일로 편의점에 나오지 못한 것이냐고.

선진이로부터 답이 온 것은 퇴근 시간 무렵이었다.

– 갑자기 일이 생겨서…….

무슨 일인지 궁금하던 차 선진이의 톡이 이어졌다.

– 서울 가서 연락할게.

6

퇴근 직전, 책상 가장 아래 서랍을 열었다. 운동화는 주문한 다음 날 늦은 오후에 도착했다. 택이 달린 채, 새 양말 두 켤레와 화요일부터 오늘까지 4일 동안 서랍 안에 머물러 있었다. 그 시간은 길기도 하면서 짧기도 했다.

선진이는 돌아오지 않았다. 함께 자전거를 탈 수 있을 것이란 기대는 희미해졌다. 실망감이 들었지만 애써 떠올리지 않았다. 편의점에는 새로운 아르바이트생이 일을 하고 있었다. 그건 선진이가 이곳에서 일을 하지 않는다는 의미다. 카톡에 남아 있는 선진이와의 마지막 대화 내용을 보았다. 연락을 하고 싶다가도 이 문자만 보면 쉽사리 실행이 되지 않았다. 어쩌면 나의 연락이 부담스러울 수도 있을 테니까. 서랍 안에 둔 운동화와 양말을 봉투에 담아 사무실을 나왔다.

버스 정류장으로 향하는 눈길을 거두고 지하철을 타기 위해 역사로 걸어갔다. 전철을 타고 유튜브를 보기 위해 휴대전화를 만지작거리는데 벨이 울렸다. 선진이였다. 놀란 나는 바로 전화를 받았다.

"잘 지냈어?"

흥분된 나와 달리 선진이 목소리는 차분했다.

"응."

"연락 못 해서 미안. 오늘 자전거 타기로 한 날인데."

선진이는 약속을 잊지 않았다.

"……."

"아무래도 당분간 서울에 못 갈 것 같아."

"왜? 어디 있는데?"

"응?"

"너 지금 어디 있느냐고."

"P시."

P시라면 경기도다. 선진이는 생각보다 가까이에 있었다.

"거긴 왜?"

"나 취업했어. 회사 기숙사에서 지내기로 했거든."

"아, 그래."

"……."

선진이는 조용했다. 내 마음속에서는 뭔가 해결되지 않은 일이 있는 듯했고, 마치 그 일이 선진이와 관련이라도 있는 것처럼 나는 선진이를 만나야겠다는 생각이 들었다.

"내일 거기 가도 되니?"

"여길 온다고?"

선진이 목소리가 다소 높아졌다.

"주말이잖아."

선진이는 조용했다.

"네가 괜찮다면."

선진이가 그곳의 위치를 알려 주었다. 나는 오후에 도착할 거라고 말한 뒤 전화를 끊었다. 휴대 전화로 선진이가 말한 회사를 검색했다. 기능성 포장지를 생산하는 업체였다.

7

버스에서 내리자마자 주변을 둘러보았다. 주택이나 아파트는 보이지 않았다. 슬레이트로 만든 건물들이 들어차 있었다. 휴대 전화 지도 앱을 열고 터벅터벅 걸었다. 10분 정도 걸었을까. 눈앞에 오르막길이 펼쳐졌다. 회사는 언덕 위에 자리하고 있었다. 마음을 다지려는 듯 숨을 크게 몰아쉬고는 길을 걸어 올라갔다. 이곳을 오르는 선진이의 모습을 상상하자 그 아이가 짊어진 커다란 백팩이 떠올랐다.

입구 철문은 닫혀 있었다. 도착했다는 사실을 알리기 위해서 전화를 걸었다. 선진이는 나갈 테니 조금만 기다려 달라고 말했다.

철문을 밀고 나온 선진이는 운동복 차림에 후드 점퍼를 입고 있었다.

"저기 앉을까?"

선진이가 가리킨 곳에는 등받이가 없는 벤치가 덩그러니 놓여 있었다.

"온다고 해서 막지는 않았지만 솔직히 네가 왜 여기까지 온 건지 난 잘 모르겠다."

선진이 목소리는 담담했다.

"그러게. 나는 왜 여기까지 널 만나러 왔을까. 나도 그 이유가 궁금해."

나를 향한 선진이의 눈길이 느껴졌지만 모르는 척했다. 우리 사이에 익숙한 침묵이 이어졌다. 틈을 메우려는 듯 선진이는 손가락을 조몰락거리기 시작했다. 그 손에 눈길이 닿았다. 지난번 떠올랐던 장면보다 선명한 기억들이 이어졌다. 히터로 건조한 교무실. 특유의 서류 냄새, 담임과 키가 큰 아이의 뒷모습……. 다시 불편한 감정 속에 휘말렸는데 이번에는 밀어내지도 피하지도 않았다.

3학년 2학기 때 지금 회사에 실습을 나가게 되면서 담임 선생님을 만나러 학교를 찾았다. 교무실에 들어갔을 때 선생님 앞에 키가 큰 아이가 등을 보이고 서 있었다.

"거긴……. 일은 가르쳐 주지도 않고 한 달 내내 청소만 시켰어요. 임금도 계약서와 달랐고요."

"그 부분은 제대로 얘기할 테니 걱정 말고. 차근차근 하나하나 배워 나간다 생각해야지 힘들다고 그만둬 버리면 어떻게 하니?"

날이 서 있는 담임 목소리를 들으며 천천히 다가섰다. 담임은 날 발견하고는 환하게 웃으며 빈 의자를 끌어다 놓고 앉으라고 말했다. 그 아이는 담임과 나 사이에 우두커니 서 있었다.

"은이야, 실습을 나가는 회사 선배가 잘해 왔기 때문에 네가 가게 된 거 알지? 너도 후배를 끌어 주는 선배가 되어야 한다. 알았지?"

나는 예의 바르게 네,라고 대답했다. 하지만 내가 정작 집중하고 있었던 건, 오른쪽 시야에 비친 그 아이의 손짓이었다. 내 시야에 들어온 그 아이의 손짓이 무안하고 민망했다. 얼른 담임 이야기가 끝이 나기를 바랐고 교무실에서 나가고 싶다는 생각만 했다.

현장 실습을 나갔다가 복교한 아이라 짐작했다. 복교 전 선생님들은 돌아오지 않도록 설득을 하고 대부분이 그 설득에 넘어간다. 하지만 그 아이는 그러지 않은 모양이라고 여겼다.

아이들이 복교하는 경우, 적응을 못 한 아이들의 탓만이 아니라는 걸 알고 있었다. 특히, 디자인 전공과 무관한 콜 센터나 통신 회사 납부 파트 같은 업체 등에 실습을 나가는 경우도 허다했다. 공장에서의 사고와 현장 실습을 나간 다른 학교 아이가 자살했다는 기사로 세상이 떠들썩할 때도 나는 일부러 찾아보지 않았다.

학교로 돌아온 아이를 이렇게 교무실에 세워 둔 담임을 이해할 수 없었다. 적어도 나와 이야기를 할 때는 자리를 피하도록 해야 하는 것 아닌가. 설마 그 아이에게 모멸감을 주기 위해 일부러 한 행동은 아니라고 믿고 싶었다.

시간의 흐름이 길게 느껴진 순간에도 다행히 끝은 있었다. 그만 가 보라는 말이 떨어지자마자 나는 자리에서 일어났다. 어떠한 표정을 지어야 할지 몰랐다. 그 아이와 눈이 마주치지 않도록 고개를 숙인 채 교무실을 나와 버렸다. 긴 복도를 지나 건물 밖으로 나와 운동장 한가운데 이르러서 이유 없는 죄책감에 사로잡혔다. 그리고 그 아이가 선진이였다는 사실을 이제야 알아 버렸다.

돌이켜 보면 처음이 아니었다. 성적이 오름과 동시에 선생님들의 관심을 받을 때도 아이들 앞에서 나를 추켜세우는 상황이 편하지만은 않았다. 노력의 결과라는 생각이 들면서도 뭔가 잘못된 느낌이 들었지만 복잡해지기 싫어 외면했다. 내가 잘되는 것이 중요해 앞만 보고 달려왔는데 어째서 나는 불안하고 행복하지 않은 걸까.

“너랑 자전거 타던 날, 면접 보러 오라고 전화가 왔었거든.”

나는 선진이를 바라보며 그날의 밤 풍경을 떠올렸다. 근심이 어렸던 선진이의 표정. 그 이유에 대해 묻자 선진이는 다소 놀란 듯한 표정을 지었다.

“내가…… 그랬나?”

선진이의 이야기가 궁금했다. 너의 이야기를 내게 해 줄 수 있느냐고 조심스레 묻자 잠시 뒤, 선진이의 목소리가 들려왔다.

선진이도 나처럼 디자인을 배우고 싶어 했다. 대학을 가도 되지만 선택의 여지가 없었다. 집안 형편이 좋지 못했을 뿐만 아니라 공부도 잘하지 못했기 때문이다. 취업을 해서 부모님의 부담을 덜어 드리고 싶어 특성화 고등학교를 선택했고 성적을 보지 않는 전형으로 간신히 합격했다. 선진이의 학교생활은 순탄치 않았다. 공부는 기초가 되어 있지 않아서 수업 내용을 따라가기가 벅찼고 어려운 집안 형편 때문에 학교를 다니면서도 아르바이트를 놓을 수 없었다. 그렇게 학교생활에도 점점 흥미를 잃기 시작했다. 간신히 자격증 하나를 취득했다. 복교 뒤, 직원이 네 명인 새로운 업체로 실습을 나갔지만 회사 형편이 어려워져 선진이는 그만둬야 했다.

"취업을 하기 위해서 일주일에 스무 개씩 이력서를 넣고 면접을 봤어. 디자인 전공은 당연히 못 살리고. 간신히 따 놓은 자격증도 무용지물이더라. 그동안 단기 알바만 했어. 집이 지방이라 이곳저곳 고시원을 옮겨 다니면서."

한곳에 정착할 수 없는 선진이와 검은 가방을 떠올렸다. 그 안에 있는 것들에 대해 짐작해 나갔다. 여러 켤레의 양말, 여벌의 옷, 칫솔과 치약, 생필품, 약 등등.

"아무것도 할 수 없고 아무것도 될 수 없을 것 같았어. 그런데도 이렇게 지내면 안 될 것 같아서 취업 자리 알아보다가 이 회사 경리 모집을 보고 이력서를 냈거든. 막상 연락이 오니까 겁이 나더라고."

"왜?"

"계약직이니까. 6개월 뒤에 또 다른 곳을 찾아야 하는 건 아닐까 해서."

선진이가 내 얼굴을 보았다.

"너 표정이 왜 그래?"

"내가 왜?"

"엄청 심각해 보여. 걱정 마. 잘해서 재계약도 하고 정규직도 될 거니까."

선진이는 단단한 목소리로 말했고 나는 힘껏 고개를 끄덕였다.

"궁금한 게 있어. 그날 왜 내게 맥주를 마시자고 했니?"

잠시 입을 다물던 선진이가 말문을 열었다.

"처음 널 보고 낯이 익다 했는데 스타킹 사러 온 날 사원증에 있던 이름 보고 확실히 알았어. 너랑 이야기해 본 적은 없었지만 이름은 기억하고 있었거든. 넌 뭐든 잘하는 애였으니까. 그날 꽃샘추위가 있었던 걸로 기억해. 맨다리로 오들오들 떨며 네가 들어왔지. 뾰족하고 높은 구두를 신고 있었는데 왠지 위태로워 보였어. 뒤꿈치, 까맣게 탈색한 너의 발뒤꿈치를 봤어. 멀어지는 네 뒷모습을 보면서 생각했어. 너는 회사를 다니면서 몇 켤레의 구두를 신었을까. 새 구두를 신을 때마다, 뒤꿈치가 닳고 벗겨지고 피가 나면 밴드를 붙였겠구나. 그 위에 굳은살이 배기고 살색이 변하고. 그게 그렇게 짠하더라, 나는."

담담한 선진이의 목소리는 마음에 쌓아만 두었던 무엇인가를 툭, 건들고 지났다. 파동은 심연 속으로 넓게 퍼져 나갔고 떠밀리듯 올라온 감정들로 인해, 코끝이 찡하고 눈시울이 뜨거워졌다.

"그래서 내 접시 위에 치킨을 쌓아 두었니? 많이 먹고 힘내라고?"

선진이는 머리를 긁적였다.

"뭐…… 그냥, 궁금했어. 넌 어떻게 살고 있는지. 막상 같이 있으니까 말이 안 나오더라고……. 지금도 너랑 같이 있는 게 나는 너무 이상해."

선진이는 어색하게 웃었다. 하고 싶은 말이 턱밑까지 차올랐지만 입을 열지 않았다. 우리에게 시간은 충분할 테니까.

"밥은 먹었니?"

코를 훌쩍이며 묻는 내 말에 선진이의 동공이 흔들렸다. 나는 다시 한번 물었다.

"점심밥 먹었느냐고."

"아니."

선진이는 고개를 가로저었다.

"가자. 밥 먹으러."

나는 선진이의 손을 잡고 일어났다.

우리는 걸었다. 언덕 중간쯤에서 선진이가 갑자기 멈춰 섰다.

"운동화네?"

선진이가 내 발을 내려다보았다.

"너랑 같이 자전거 탈 때 신으려고 샀는데……. 오늘이 첫 개시야."

"아, 그래? 다음 주 주말에 서울 갈게. 그때 자전거 타러 가자."

"그래. 그러자."

마침 언덕 아래에서 바람이 불어왔고, 나는 있는 힘껏 들이마셨다. 한강에서 맛본 그 바람이었다.

작가의 말

이 소설을 쓰기 위해 『알지 못하는 아이의 죽음』(은유 지음, 임진실 사진, 돌베개, 2019)과 『교복 위에 작업복을 입었다』(허태준 지음, 호밀밭, 2020)를 읽었습니다. 힘든 마음에, 몇 번이고 책장을 덮으며 숨을 골라야 했습니다.

몇 해 전, 한 특성화 고등학교의 입학 설명회에 간 적이 있습니다. 세 명의 졸업생(대학 입학을 한 선배, 취업을 한 선배, 취업 뒤 재직자 전형으로 대학에 들어간 선배)이 후배들에게 자신들의 성공담을 들려주었습니다. 학생들은 반짝이는 눈으로 그들의 이야기를 들었습니다.

취업을 한 선배는 하이힐을 신고 있었습니다. 그녀의 구두가 눈에 들어왔습니다. 반짝이는 구두 속에서 무게를 견디고 있을 아픈 발이 떠올랐습니다. 설명회가 끝난 뒤에도 그 발은 머릿속에서 지워지지 않았습니다.

소설 속의 두 아이, 은이와 선진이가 제 마음속으로 찾아왔습니다. 상처받은 아이 둘이 만나 서로의 마음을 알아봐 주고 다독여 주는 이야기를 쓰고 싶었습니다. 발뒤꿈치의 굳어 버린 상처에 바람을 불어 주는 일, 때로는 그것만으로 충분한 순간이 있다고 믿고 싶었는지도 모릅니다.